W0310352

Christian Morgenstern

Jubiläumsausgabe in vier Bänden

Christian Morgenstern

Jubiläumsausgabe in vier Bänden

Band II

Herausgegeben von
Clemens Heselhaus

Christian Morgenstern

(1871 – 1914)

Melancholie
Einkehr
und andere Dichtungen

R. Piper & Co. Verlag
München Zürich

ISBN 3-492-02440-8
© R. Piper & Co. Verlag, München 1979
Gesetzt aus der Trump-Antiqua
Ausstattung: Creativ Shop, München
Gesamtherstellung: Welsermühl, Wels
Printed in Austria

Inhalt

Zur Anordnung des zweiten Bandes

Von den zehn Gedichtbüchern Christian Morgensterns war jener 1906 veröffentlichte mit den »Melancholie«-Gedichten ein bedeutender Erfolg. Zwei spätere Gedichtbücher, »Einkehr« (1910) und »Wir fanden einen Pfad« (1914), haben jenen melancholischen Zweifel von 1906 auflösen können, und sie sind inzwischen als Morgensterns eigentümlicher Beitrag zur Orientierung des modernen Menschen anerkannt. Diese drei Gedichtbücher dürfen in keiner Ausgabe fehlen, die die Morgensternsche Lyrik angemessen vorstellen will.

Von den übrigen Gedichtbüchern sind drei so interessant, daß wenigstens die besten Stücke daraus mitgeteilt werden mußten. Das gilt für das erste Gedichtbuch »In Phanta's Schloß« (1895) mit dem Bizarren der Morgensternschen komischen Phantasie: »... als hätte die Köchin / des großen Pan / (...) eine Schüssel mit Rotkohl / an die Messingwand / des Abendhimmels geschleudert.« Das gilt auch für die modernen Parodien aus dem »Horatius travestitus« (1896) und schließlich insbesondere für die Sonette und Ritornelle über die Begegnung mit Margareta aus »Ich und Du« (1911).

Die vier Gedichtbücher von 1897 bis 1902 mußten dagegen erheblich gekürzt und zu einer Sammlung unter dem Titel von 1897 »Auf vielen Wegen« vereinigt werden. Dieser Eingriff ist damit zu rechtfertigen, daß Morgenstern selbst schon die ersten beiden Gedichtbücher auf ein Drittel gekürzt und mit späteren Gedichten aufgefüllt hat. Mit den beiden anderen Gedichtbüchern ist Margareta Morgenstern noch 1921 ebenso verfahren. Es wurden unter dem Titel »Auf vielen Wegen« vorwiegend Gedichte vereinigt, die zeigen, daß der Autor um 1900 für alle möglichen literarischen Strömungen und Motive offen war: so besonders für den Naturalismus und den Symbolismus. Es schien mir wichtig, solche Widersprüche im Werk, anders als es Margareta Morgenstern getan hat, zu erhalten; denn nur dadurch wird das Bild Morgensterns geschichtlich und lebenswahr.

Dieses Korpus von Gedichten wurde so gegliedert, daß eine

Entwicklung sichtbar wird, ohne die Eigenart jeder Stufe zu unterdrücken:
Phantasien: »In Phanta's Schloß«, »Horatius travestitus«, Kinderreime in Auswahl. (Ein Kinderbuch wurde 1906 angekündigt, aber zu Lebzeiten des Autors nicht mehr veröffentlicht.)
Auf vielen Wegen: Gedichte aus dem gleichnamigen Band, aus »Ich und die Welt« (1898), »Ein Sommer« (1900), »Und aber ründet sich ein Kranz« (1902).
Gedichte der Einkehr: »Melancholie« (1906) und »Einkehr« (1910).
Gedichte an den andern: »Ich und Du« (1911), »Wir fanden einen Pfad« (1914).
Das Thema »An den andern« sublimierte die Abwendung von den »vielen Wegen« und die »Einkehr« zu sich selbst, zur anthroposophischen Vergeistigung der Welt. Es ist verständlich, daß sich dieser Weg Morgensterns am deutlichsten in der Lyrik abzeichnet; denn diese Lyrik war von Anfang an auf die Überwindung des sogenannten »Materialismus« und des Weltmenschen aus.
Schließlich ist noch zu den Nachlaßgedichten aus »Mensch Wanderer« (1927) zu sagen, daß sie nicht den entsprechenden Gedichtgruppen, zu denen sie entstehungsmäßig gehören, angeschlossen wurden. Der Leser kann aber unschwer an Hand der Datenangaben die Zuordnung zu den betreffenden Gruppen vornehmen. Vielleicht ist der Hinweis angebracht, daß Morgenstern im Nichtveröffentlichten oft kühner und überzeugender war als im Veröffentlichten. Darum war es richtig, den Nachlaß als das verborgene oder versteckte Bekenntnis dieses Autors anzuführen.

C. H.

PHANTASIEN

In Phanta's Schloß (1895)
(Auswahl)

Wolkenspiele

I

Eine große schwarze Katze
schleicht über den Himmel.
Zuweilen
krümmt sie sich zornig auf.
Dann wieder
streckt sie sich lang,
lauernd,
sprungharrend.
Ob ihr die Sonne wohl,
die fern im West
langsam sich fortstiehlt,
ein bunter Vogel dünkt?
Ein purpurner Kolibri,
oder gar
ein schimmernder Papagei?
Lüstern dehnt sie sich
lang und länger,
und Phosphorgeleucht
zuckt breit
über das dunkle Fell
der gierzitternden Katze.

II

Es ist, als hätte die Köchin
des großen Pan
– und warum sollte der große Pan
keine Köchin haben?
Eine Leibnymphe,
die ihm in Kratern

und Gletschertöpfen
köstliche Bissen brät
und ihm des Winters
Geysir-Pünsche
sorglich kredenzt? –
Als hätte diese Köchin
eine Schüssel mit Rotkohl
an die Messingwand
des Abendhimmels geschleudert.
Vielleicht im Zorn,
weil ihn der große Pan
nicht essen wollte …

V

Düstere Wolke,
die du, ein Riesenfalter,
um der abendrotglühenden Berge
starrende Tannen
wie um die Staubfäden
blutiger Lilien schwebst:
Dein Dunkel redet
vom Leid der Welt.

Welchen Tales Tränen
hast du gesogen?
Wie viel angstvoller Seufzer
heißen Hauch
trankst du in dich?
Düstere Wolke,
wohin
schüttest die Zähren
du wieder aus?
Schütte sie doch
hinaus in die Ewigkeit!
Denn wenn sie wieder
zur Erde fallen,
zeugen sie neue

aus ihrem Samen.
Nie dann
bleiben der Sterblichen
Augen trocken.

Ach! da wirfst du sie schon
in den Abgrund …
Arme Erde,
immer wieder aufs Neue
getauft
in den eigenen Tränen!

VI

Oh, oh!
Zürnender Gott,
schlage doch nicht
Deine himmlische Harfe
ganz in Stücke!
Dumpfe Donnerakkorde
reißt
herrisch
Dein Plektron.
Zick, zack
schnellen
die springenden Saiten
mit singendem Sausen
silbergrell
über die Himmel hin.

Holst Du auch manche
der Flüchtlinge
wieder zurück,
viele fallen doch
gleißend zur Erde nieder,
ragenden Riesen des Tanns
um den stöhnenden Leib
sich wirbelnd,

oder in zischender Flut
sich für ewig
ein Grab erkiesend.

Zürnender Gott!
Wie lange:
Da hast Du Dein Saitenspiel
kläglich zerbrochen,
und kein Sterblicher
denkt mehr Deiner,
des grollenden Rhapsoden
Zeus-Odhin-Jehovah.

Der zertrümmerte Spiegel

Am Himmel steht ein Spiegel, riesengroß.
Ein Wunderland, im klarsten Sonnenlichte,
entwächst berückend dem kristallnen Schoß.
Um bunter Tempel marmorne Gedichte
ergrünt geheimnisvoller Haine Kranz;
der Seen Silber dunkle Kähne spalten,
und wallender Gewänder heller Glanz
verrät dem Auge wandelnde Gestalten.

Wohl kenn ich dich, du seliges Gefild! …
Doch was in heitrer Ruh erglänzt dort oben,
ist mehr als dein getreues Spiegelbild,
ist Irdisches zu Göttlichem erhoben.
Du zeigst ein friedsam wolkenloses Glück,
um das umsonst die Staubgebornen werben …
Und doch! Auch du bist nur ein Schemenstück!
Ein Hauch –: Du schläfst im Grund in tausend Scherben.

Ein Hauch! … Von düstren Wolken löst ein Flug
sich von der Felskluft Schautribünenstufen.
Um meinen Gipfel streift ihr dumpfer Zug,
als hätte sie mein fürchtend Herz gerufen.
Hinunter weist beschwörend meine Hand,

indes mein Aug nach oben bittet »Bleibe!« –
Umsonst! Ein Stoß zermalmt des Spiegels Rand,
und donnernd bäumt sich die gewaltige Scheibe

und stürzt, von tausend Sprüngen überzackt,
mit fürchterlichem Tosen in die Tiefen.
Der Abgrund schreit, von wildem Grau'n gepackt.
Blutüberströmt die Wolken talwärts triefen.
Fahlgrüner Splitterregen spritzt umher,
den Leib der Nacht zerschneidend und zerfleischend.
Mordbrüllend wühlt der Sturm im Nebelmeer
und heult in jede Höhle, wollustkreischend.

Der Berge Adern schwellen, brechen auf
und schäumen graue Fülle ins Geklüfte.
Ihr Flutsturz reißt verstreuter Scherben Hauf
unhemmbar mit in finstre Waldnachtgrüfte.
Es wogt der Forsten nasses Kronenhaar,
durchblendet von demantnem Pfeilgewimmel …
Doch um die Höhen wird es langsam klar,
durch Tränen lächelt der beraubte Himmel.

Und bald verblitzt der letzten Scherbe Schein,
zum Grund gefegt vom Sturm- und Wellentanze.
Nur feiner Glasstaub deckt noch Baum und Stein
und funkelt tausendfach im Sonnenglanze …
Ich schau, ich sinne, hab der Zeit nicht acht –:
Den Tag verscheuchte längst der Schattenriese.
Und aus der Tiefe predigen durch die Nacht
die Fälle vom versunknen Paradiese.

Die Versuchung

Der alte, ehrwürdige Herr
mit dem großen Bart
war heute bei mir.
»Ich habe dich gestern gerettet!«

sagte er freundlich.
»Den Einfall, die Arme
zur Kreuzform zu strecken,
hab ich dir gesteckt.«
Ich schüttelte dankbar
die biedere Rechte.
Er aber drohte mir
mit dem Finger:
»Ein Schelm bleibst du doch!
Ich traue dir nicht.
Doch höre!«
Und er kniff mir den Arm
und zeigte mir rings
die Lande –:
»Dies alles soll dein sein,
wenn du hier hinfällst
und mich anbetest.«
Der Arme, er wußte nicht,
daß Erde und Himmel
durch Phanta längst mein war.
»Nun, willst du nicht?«
rief er halb ängstlich
halb ärgerlich.
Ich aber machte ihm
schnell eine kalte Kompresse
um die erhitzten Schläfen
und führte ihn sorgsam
den Berg hinunter.
Auf halber Höhe
traf ich den großen Pan.
Er wollte gerade
eine Windhosen-Orgel bauen.
Doch ich entriß ihn
dem kühnen Projekte
und stellte ihm
seinen greisen Kollegen vor.
»Alte Bekanntschaft!« rief Pan
und zog die krumme Nase

mißmutig noch krümmer.
»Vielleicht hilft er dir
bei der Windhosen-Orgel!«
schlug ich begütigend vor.
Das leuchtete ein.
Arm in Arm
zogen die beiden ab.
Ich aber stieg,
ein freier, glückseliger Mensch,
singend wieder empor
auf meine herrlichen,
klaren, einsamen Höhen.

Der Nachtwandler

Sanfter Mondsegen über den Landen.
Schlafstumm Berge, Wälder, Tale.
In den Hütten erstorben die Herde;
an den Herden eingenickte Großmütter,
zu deren Knieen offne Enkel-Mäulerchen
unter verhängten Äuglein atmen.
Auf Daunen und Strohsack
schnarchendes Laster, schnarchende Tugend.
Wachend allein: Diebe, Dichter,
Wächter der Nacht, und auf Gassen, in Gärten
und in verschwiegenen Kammern
lispelnde Liebe.

Sanfter Mond! du *segnest*,
weil du nichts andres kannst.
Aber am Herzen
zehren dir Neid und Groll,
weil die Menschen dich also mißachten,
daß sie zu Bett gehn, wenn du kommst.
Ärgerlich ziehn sie die Vorhänge zu:
und du stehst draußen
und – segnest milde deine Verächter.

Sanfter Mond! manchmal auch
lugen Herrschergelüste gefährlich vor
unter deiner Demut.
Dann rufst du in verträumte Gehirne:
»Auf! auf!
Ich bin die Sonne!
Kommt: es ist Tag!«
Und der blöden Schläfer
glaubt es dir mancher
und steigt ernsthaft
aus seinen Kissen
und geht gravitätisch
über die Dächer.
Scheel sahen die Kater ihn an.
Er aber wandelt und klettert,
als hätt' ihm sein Arzt
die Alpen verschrieben.

Wie? Freundchen!
Hätt' ich dich heut gar ertappt?
Mir dünkt, da unten
käm solch ein Wandler!
Armer Fremdling,
– besser: Hemdling –,
wer bist du?
Welchem Bette entflohst du?
Opferlamm
mondlicher Lüsternheit,
meilenweit mußt du gewandert sein!

Redet er nicht im Schlaf? horch!

»Wer ich bin? ...
Eine lebendige Litfaß-Säule
etikettiert von oben bis unten: –
Staatsbürger,
Gemeindemitglied,
Protestant,

Hausbesitzer,
Ehemann,
Familienvater,
Vereinsvorstand,
Reserveleutnant,
Agrarier,
Christlicher Germane,
Antisemit,
Deutschbündler,
Sozialmonarchist,
Bimetallist,
Wagnerianer,
Antinaturalist,
Spiritist,
Kneippianer,
Temperenzler –«

»Wie!« ruf ich,
»und nie *Mensch*?«

Aber da reißt
der Schläfer die Augen auf,
und – »Mensch?«
von verzerrten Lippen heulend,
stürzt er,
fehltretend,
die Felswand hinab,
von Zacke zu Zacke
im Bogen geschleudert.

Ich aber,
ich ›Mörder‹,
muß unbändig lachen.
Ich kann nicht anders –
Gott helfe dem Armen!
Amen!

Der beleidigte Pan

Auf der Höhlung
eines erstorbenen Kraters
blies heute Pan,
wie Schusterjungen
auf Schlüsseln pfeifen.
Er pfiff ›die Welt‹ aus,
dies sonderbare,
zweideutige Stück
eines Anonymus,
das Tag für Tag
uns vorgespielt wird
und niemals endet.
O pfeife doch minder,
teuerer Waldgott!
Halt Einkehr, Pan!
Wer hieß Dich denn
unter Menschen gehen? …

Mondbild

Groß über schweigenden
Wäldern und Wassern
lastet der Vollmond,
eine Ägis,
mit düsterem Goldschein
alles in reglosen Bann
verstrickend.
Die Winde
halten den Atem.
Die Wälder ducken sich
scheu in sich selbst hinein.
Das Auge des Sees
wird stier und glasig –:
als ob eine Ahnung
die Erde durchfröre,

daß dieser Gorgoschild
einst ihren Leib
zertrümmern werde ...
Als ob eines Schreies
sie schwanger läge,
eines Schreies voll Grausen,
Voll Todesentsetzen ...
Εσσεται ημαρ!

Erster Schnee

Die in Wolkenkuckucksheim
zerreißen ihre Manuskripte,
und in unzähligen,
weißen Schnitzelchen
flattert und fliegt es mir
um die Schläfen.
Die Unzufriednen!
Nie noch blieben
der Lieder sie froh,
die im Lenz
ihnen knospeten,
nie noch
der dithyrambischen Chöre,
die durch glühende Julinächte
von ihren Munden
wie Donner brachen.
Immer wieder
zerstören gleichmütig sie,
was sie gedichtet:
und in unzähligen,
weißen Stückchen
flattert es
aus dem grauen Papierkorb,
den sie schelmisch
zur Erde kehren.
Große, redliche Geister!

Ich, der Erde armer Poet,
versteh Euch.
Wenn wir *uns selbst*
genügen wollen,
ehrlich Schaffende wir,
müssen wir
unsren Gedanken wieder
all die bunten Hüllen ausziehn.
Ach! allein
in der Maske des Worts
wird unser Tiefstes
dem Nächsten sichtbar!

Ihr Stolzen verschmäht es,
den Wortewerken,
die Ihr erschuft,
Dauer zu leihen,
und Ihr könnt es –
denn Ihr seid Götter!
Keiner von Euch
will Trost, will Erlösung,
weiß von dem Wahnsinn
Glückes und Leides:
in Euch selbst
seid Ihr Euch ewig genug!

Aber wir Menschen,
wir Selig-Unseligen,
tief in gemeinsame Lose
verstrickten,
müssen einander
die Herzen erschließen,
müssen einander
fragen, belehren,
trösten, befreien,
stärken, erheitern,
und zu all dem
raten und planen,
formen und bauen,

rastlos, mühvoll,
an dem Menschheitstempel
›Kultur‹.

Ich stehe stumm
in den wirbelnden Flocken
und denke mit Schwermut
meines Stückwerks.
Doch streue ich selbst
nichts in den lustigen Tanz.
Meine Werke, Ihr Götter,
stürben wie roter Schnee,
wollt ich sie opfern!
Ich schrieb mit Herzblut …
Homo sum.

Epilog
(gekürzt)

Am Schreibtisch finde ich mich wieder,
als wie aus einem Traum erwacht …:
Vor mir ein Buch seltsamer Lieder,
und um mich stille Mondesnacht.
Ich schaue auf den kleinen Ort,
aus dem mein Geist im Zorn geflohn: –
....
Euch also, winklige Gemäuer,
durchschnarcht von edlen Atta Trolls,
bewarf ich einst mit wildem Feuer
aus den Vulkanen meines Grolls!
Ich sah in eurer Kleinlichkeit
die Welt, die in mir selbst ich trug:
es war ein Stück Vergangenheit,
das ich in eurem Bild zerschlug.
Von oben hab ich lachen lernen
auf euer enges Kreuz und Quer!
Wer Kurzweil trieb mit Sonn und Sternen,
dem seid ihr kein Memento mehr!

Horatius travestitus (1896)
(Auswahl)

I,1

Maecenas atavis edite regibus,
o et praesidium et dulce decus meum:
Sunt quos curriculo pulverem Olympicum
collegisse juvat; metaque fervidis

evitata rotis palmaque nobilis
terrarum dominos evehit ad deos.
Hunc, si mobilium turba Quiritium
certat tergeminis tollere honoribus;

illum, si proprio condidit horreo
quidquid de Libycis verritur areis.
Gaudentem patrios findere sarculo
agros, Attalicis condicionibus

numquam demoveas, ut trabe Cypria
Myrtoum pavidus nauta secet mare.
Luctantem Icariis fluctibus Africum
mercator metuens, otium et oppidi

laudat rura sui: mox reficit rates
quassas, indocilis pauperiem pati.
Est qui nec Fveteris pocula Massici,
nec partem solido demere de die

spernit; nunc viridi membra sub arbuto
stratus, nunc ad aquae lene caput sacrae.
Multos castra juvant, et lituo tubae
permixtus sonitus, bellaque matribus

detestata. Manet sub Jove frigido
venator, tenerae conjugis inmemor;

I, 1

Hoher Protektor und Freund, Edler von Gönnersheim,
was doch alles der Mensch auf seiner Erde treibt! ...
Dieser fegt auf dem Rad über die Rennbahn, und
platzt der Gummischlauch nicht, geht er zuerst durchs Ziel.

Welcher Tag für den Mann, wenn ihm das Comité
die Medaille verleiht, Meisterschaft zuerkennt!
Jenen wieder erfreut's, wenn ihn der Wähler Schar
an das berühmte Büfett unseres Reichstags schickt.

Andre, wenn der Kaffee prompt aus Brasilien kommt,
Sack an Sack imposant in ihren Speichern steht.
Der Agrarier, der jammernd sein Land bestellt,
tauscht dir dennoch den Pflug mit der Couponscher' nicht,

noch verlockst du ihn leicht, daß einem Dampfer er
sich zur Überfahrt nach Mexiko anvertrau.
Sieh den Kaufmann! Er schimpft auf Kolonialpolitik,
wird Lokalpatriot, gründet Bazars und Klubs,

aber bald wieder doch rüstet mit Schnaps und Blei
neue Schiffe er nach Togo und Kamerun.
N. N. schmollt, wie du weißt, perlenden Sekten nicht,
noch auch, wenn ein Gelag früh im Kaffeehaus schließt;

Sommers stärkt er sich dann durch eine Sprudelkur
oder reist nach Tirol oder nach Helgoland.
Andre wieder sind mit Leib und Seel Militärs,
schmähn das faule Zivil, dem jeder Schuß ein Greul.

Und wer jagt von Beruf oder aus Waidlust nur:
Dessen Hitze vergißt Weibchen und Kinder oft,

seu visa est catulis cerva fidelibus,
seu rupit teretes Marsus aper plagas.

Me doctarum hederae praemia frontium
dîs miscent superis: me gelidum nemus
Nympharumque leves cum Satyris chori
secernunt populo; si neque tibias

Euterpe cohibet, nec Polyhymnia
Lesboum refugit tendere barbiton.
Quodsi me Lyricis vatibus inseres,
sublimi feriam sidera vertice.

I,9

Vides ut alta stet nive candidum
Soracte, nec iam sustineant onus
silvae laborantes, geluque
flumina constiterint acuto:

Dissolve frigus ligna super foco
large reponens, atque benignius
deprome quadrimum Sabina,
o Thaliarche, merum diota.

Permitte divis cetera: qui simul
stravere ventos aequore fervido
deproeliantes, nec cupressi
nec veteres agitantur orni.

Quid sit futurum cras fuge quaerere, et
quem fors dierum cumque dabit lucro
adpone, nec dulces amores
sperne puer neque tu choreas,

donec virenti canities abest
morosa. Nunc et campus et areae
lenesque sub noctem susurri
composita repetantur hora;

wenn sich etwan ein Hirsch in seinen Forst verläuft,
oder Wild- oder Holzdiebe zu fangen sind.

Mich – der ja, wie du weißt, all diesem Treiben fern, –
reiht mein Sammetbarett göttlicherm Kreise an,
trennt vom Trubel der Welt meiner vier Wände Heim,
zarter Träume ein Schloß, klingend von Scherz und Kuß.

Bleibt die Muse nur treu, rundlich der Pegasus,
deine Schatulle mein Hort, Glück meiner Wege Stern,
sprich gelassen es aus: Oh, welch ein Lyriker!
Und vom Himmel herab nick ich, ein Gott, dir zu.

I,9

Du siehst, wie weiß, im glänzenden Schneegewand,
der Kreuzberg steht, und wie der Viktoriapark
  tief eingeschneit, wie Spree und Panke
    Mäntel von Eis auf den Leib gezogen.

Drum heize, Freundchen, spare die Kohlen nicht,
und laß uns im behaglichen Stübchen dann
  aus schönem alten Rum – was meinst du? –
    einen urkräftigen Steifen brauen!

Laß Pan die Welt verwalten, dem Wintersturm,
der mit dem Lenzwind heulende Schlachten schlägt,
  gebieten! Beide werden schweigen,
    daß sich kein Zweig mehr am Baume rüttelt.

Was kann dich kümmern, was dir das Morgen bringt,
des Lebens freue jeglichen Tag dich neu,
  und walze froh mit süßen Mädchen
    draußen in Halensee oder Treptow,

solang zu Tanz und Kuß du noch jung genug!
Zum Zirkus wandre, sieh dir ein Lustspiel an!
  Vielleicht auch knüpf ein zart Verhältnis
    an in dem Dämmer der Gaslaterne!

nunc et latentis proditor intimo
gratus puellae risus ab angulo,
pignusque dereptum lacertis
aut digito male pertinaci.

I,27

Natis in usum laetitiae scyphis
pugnare Thracum est: tollite barbarum
morem, verecundumque Bacchum
sanguineis prohibete rixis.

Vino et lucernis Medus acinaces
inmane quantum discrepat: inpium
lenite clamorem, sodales,
et cubito remanete presso.

Vultis severi me quoque sumere
partem Falerni? Dicat Opuntiae
frater Megillae, quo beatus
volnere, qua pereat sagitta.

Cessat voluntas? Non alia bibam
mercede. Quae te cumque domat Venus,
non erubescendis adurit
ignibus, ingenuoque semper

amore peccas. Quidquid habes, age,
depone tutis auribus. A miser,
quanta laboras in Charybdi,
digne puer meliore flamma!

Quae saga, quis te solvere Thessalis
magus venenis, quis poterit deus?
Vix inligatum te triformi
Pegasus expediet Chimaera.

Und sitzt du dann bei Dressel beim Dejeuner
und deine Kleine hält die Serviette vor –
  wie köstlich, wenn der scherzhaft Spröden
    endlich den Kuß du, den süßen, raubtest!

I,27

Beim Weine gegenständlich zu werden, ist
kassubisch! Wahrt doch, Freunde, den guten Ton!
  Bedenkt doch, daß wir nicht in Rixdorf
    sondern im Westen der Hauptstadt sitzen!

Ich bitt euch, laßt die Messer und Gabeln ruhn:
Die Glaserrechnung wäre nicht abzusehn!
  Ad loca, Kinder, seid vernünftig,
    daß die Gemütlichkeit nicht gestört wird!

Ich soll Bescheid euch tuen in Malvasier?
Wohlan! doch vorher stell die Bedingung ich,
  daß unser Freund und Bruder Gottlieb
    uns seine neuesten Sünden beichte.

Er will nicht? Nun so rühr ich mein Glas nicht an!
Du schämst dich wohl! O Gottlieb, wenn du dich
schämst ...
  Wir kennen dich doch all' und wissen,
    daß keine einzige deiner wert ist!

Vertrau's uns, Bester, was es auch immer sei!
Wir sind wie Gräber! ... Oh, das ist bös, sehr bös!
  Du armer Kerl, so reinzufallen!
    Hättest doch bessere haben können!

Prost, Gottlieb! spül's hinunter mit Malvasier –
vielleicht erscheint ein Deus ex machina – –
  sonst freilich blieb dir höchstens übrig,
    daß du die Sache in Verse brächtest.

II,3

Aequam memento rebus in arduis
servare mentem, non secus in bonis
ab insolenti temperatam
laetitia, moriture Delli,

seu maestus omni tempore vixeris,
seu te in remoto gramine per dies
festos reclinatum bearis
interiore nota Falerni.

Quo pinus ingens albaque populus
umbram hospitalem consociare amant
ramis? Quid obliquo laborat
lympha fugax trepidare rivo?

Huc vina et unguenta et nimium breves
flores amoenae ferre iube rosae,
dum res et aetas et sororum
fila trium patiuntur atra.

Cedes coemptis saltibus et domo,
villaque, flavus quam Tiberis lavit,
cedes, et exstructis in altum
divitiis potietur heres.

Divesne, prisco natus ab Inacho
nil interest an pauper et infima
de gente sub divo moreris;
victima nil miserantis Orci.

Omnes eodem cogimur, omnium
versatur urna serius ocius
sors exitura et nos in aeternum
exilium inpositura cumbae.

II,3

»Kalt Blut und warmes Untergewand!« das ist
ein alter Satz, ob minus oder plus du machst.
Wozu die Überschwenglichkeiten?
Holt doch auch, Freundchen, der Teufel dich einst,

ob du mit Schopenhauer die Welt verwünschst,
ob jeden Sonntag du bei Kempinsky dir
ein Austernmahl mit Sekt geleistet
und eine schwere Export-Havanna!

Du bist gesund, bist Kapitalist, bist jung,
du hast die schönste Villa am Strand der Spree,
in deinen Park verliebt sich jeder –
hörst du die Quellen nicht lieblich flüstern?

Und zieht's dich nicht zur marmornen Ruhbank dort,
darauf der Ahorn schützende Schatten wirft?
Ein kühles Weinchen dort zu trinken,
denk ich mir, müßte ein Hochgenuß sein.

Doch freilich, spar dir jegliche Illusion
betreffs der Dauer! – Scheiden mußt einst auch du,
und zungenschnalzend wird dein Erbe
deine vorzüglichen Marken schlürfen.

Das Sterben hast gemein du mit Hinz und Kunz –:
Es ist das Gras das einzige Kraut, darein
so reich wie arm gemeinsam beißen
und sich den Magen daran vertun muß.

Auf alle harrt vergnüglichen Blicks Freund Hein
und dreht sein knarrendes Glücksrad um und um,
und jede Ziffer ist ein Treffer,
ist eines Sterblichen arme Seele.

Bacchum in remotis carmina rupibus
vidi docentem, credite posteri,
Nymphasque discentes et auris
capripedum Satyrorum acutas.

Euhoe, recenti mens trepidat metu,
plenoque Bacchi pectore turbidum
laetatur. Euhoe, parce Liber,
parce, gravi metuende thyrso.

Fas pervicaces est mihi Thyiadas,
vinique fontem lactis et uberes
cantare rivos atque truncis
lapsa cavis iterare mella;

fas et beatae coniugis additum
stellis honorem, tectaque Penthei
disiecta non leni ruina
Thracis et exitium Lycurgi.

Tu flectis amnis, tu mare barbarum,
tu separatis uvidus in iugis
nodo coherces viperino
Bistonidum sine fraude crinis.

Tu, cum parentis regna per arduum
cohors Gigantum scanderet inpia,
Rhoetum retorsisti leonis
unguibus horribilique mala;

quamquam choreis aptior et iocis
ludoque dictus non sat idoneus
pugnae ferebaris; sed idem
pacis eras mediusque belli.

II,19

Gambrinus selber sah ich am Nockherberg
Kneiplieder lehren – glaub es, ungläubig Volk! –
Vor saubrer Münchner Kellermadeln
und der Studenten gespitzten Ohren.

Rum plum! Noch bebt der Leib mir vom Biergenuß,
und aus mir redet stürmisch der Gerstensaft –
rum plum, o schone mein, Gambrinus,
Gott mit dem schrecklichen Tier im Wappen.

Die Radiweiber laßt mich besingen laut,
das Hofbräuhaus, die Brezel mit Salz beschneit,
das Bockbier, das aus Steinzylindern
ölig wie Honig den Schlund hinabläuft!

Besingen auch die wartende Ehefrau,
die eingeworfnen Fenster des Mannes, der
dem Morgenschoppen Feind gewesen,
und die bierfeindlichen Philosophen!

Du zähmst, Gambrinus, selbst ein Barbarenherz –:
In eines Theologen Gestalt charmierst
mit hübscher Kellnerin Gelock du,
ziehst ihr die Schleife des Schürzenbands auf;

in eines Mediziners Gestalt einmal
hast du den Haufen drängender Gläubiger
mit Maßkrugsalven aus dem Tempel
deines olympischen Reichs getrieben.

Obschon man dich für stärker im Rundgesang
und Renommieren als in dem Faustkampf hält,
so zeigst du doch, gereizt, so wild dich,
wie du gemütlich dich gibst im Frieden.

Te vidit insons Cerberus aureo
cornu decorum, leniter atterens
caudam, et recedentis trilingui
ore pedes tetigitque crura.

III,21

O nata mecum consule Manlio,
seu tu querellas sive geris iocos
seu rixam et insanos amores,
seu facilem, pia testa, somnum,

quocumque lectum nomine Massicum
servas, moveri digna bono die,
descende, Corvino iubente
promere languidiora vina.

Non ille, quamquam Socraticis madet
sermonibus, te neglegit horridus;
narratur et prisci Catonis
saepe mero caluisse virtus.

Tu lene tormentum ingenio admoves
plerumque duro; tu sapientium
curas et arcanum iocoso
consilium retegis Lyaeo;

tu spem reducis mentibus anxiis
virisque et addis cornua pauperi,
post te neque iratos trementi
regum apices neque militum arma.

Te Liber et si laeta aderit Venus
segnesque nodum solvere Gratiae,
vivaeque producent lucernae,
dum rediens fugat astra Phoebus.

Der Nachtpolyp mit goldenem Tutehorn –
ein Auge drückt er schmunzelnd, der Brave, zu,
sieht Arm in Arm er deine Söhne
johlend durch die nächtlichen Gassen traben.

III,21

Heut soll der Zweiundsechziger endlich dran,
der jenes Jahr, da Bismarck Minister ward,
gleich mir sich zum Geburtsjahr wählte!
Mag er in Melancholie mich stürzen,

mag Scherz und Spott, mag hitzige Händelsucht,
mag Liebeswut, mag friedlichen Schlummer er
uns bringen! ... Bitte schön, Frau Lehmann!
Hier sind die Schlüssel: die Flasche Rheinwein!

Ich denke, Karl, du wirst doch kein Unmensch sein,
obzwar Dozent der Philosophie du bist: –
Verwarf's doch selbst der strenge Kant nicht,
manchmal ein Gläschen vergnügt zu trinken.

Ein Weinchen! oh, ich sag dir, ein Weinchen, Freund!
Bei dem ein Klotz Ekstatiker werden muß,
bei dem die kniffigsten Schlaumeier
in ihre Karten sich gucken lassen.

Ein Saft, der jede Sorge zur Hölle jagt,
der jeden Tropfen Blutes dir glühend macht,
daß stolz du wirst vor Königsthronen
und vor des Staatsanwalts Auge furchtlos.

Vor fünf Uhr morgens gehn wir heut nicht zu Bett.
Solang das Öl im Becken der Lampe reicht,
laß froh die Stunden uns verplaudern!
Prosit, amico! auf: »Was wir lieben«!

III,30

Exegi monumentum aere perennius,
regalique situ pyramidum altius,
quod non imber edax, non Aquilo inpotens
possit diruere aut innumerabilis

annorum series et fuga temporum.
Non omnis moriar multaque pars mei
vitabit Libitinam: usque ego postera
crescam laude recens, dum Capitolium

scandet cum tacita virgine pontifex.
Dicar, qua violens obstrepit Aufidus
et qua pauper aquae Daunus agrestium
regnavit populorum, ex humili potens

princeps Aeolium carmen ad Italos
dedux isse modos. Sume superbiam
quaesitam meritis et mihi Delphica
lauro cinge volens, Melpomene, comam.

III,30

Wenn die Bürger mir ein Monument stifteten,
ob aus Gips oder Holz, Erz oder Marmelstein,
– Sommers sonnt es sich froh, kinderwagenumringt,
Winters baut man ein Dach drüber aus Papp' und Stroh –

kann man eins gegen zehn wetten: Der Zahn der Zeit
nagt so lange daran, bis es in Trümmer fällt.
Darum lob ich mir das, was ich mit eigner Hand
in der Weltpoesie ewige Tafeln schrieb.

Nimmer werd ich vergehn; blühen, solange mich
ein Magister durchs Tor eines Gymnasiums trägt
und die Klasse mit mir würdigen Schritts betritt
und voll tiefen Verstands mich seiner Prima preist!

Überall, wo der Mensch klassische Bildung pflegt,
wird man fordern von ihm, daß er horazfest sei.
Habe mich darum auch redlich genug geplagt!
Reicht mir neidlos den Kranz, der meiner Kunst gebührt!

Aus dem Nachlaß des Horaz (1911)

Carminum liber V

V,5

Armer, guter Cyrill, der du im Römerheer
Adventist zu sein wagst und deinen Sonntag am
  Samstag einfältig feierst,
    wie's die Heilige Schrift dich lehrt, –

glaubst du wirklich, es herrscht heute noch Friedrichs Geist,
der da spräche: »Mein Sohn, wir sind ein großes Volk;
einer mehr oder minder –
was verschlägt's? ich entlasse dich.

Oder willst du, so bleib; denn wer ein Märtyrer
sein kann einer Idee, sollte der Kerl nicht auch
mir, entscheidenden Falles,
ein Soldat sein par excellence?«

Armer, guter Cyrill, der du vor Menschen nicht,
sondern Römer gerietst, – tröste dich Fichtes Wort
von Charakter und Deutsch-Sein!
Also sei unter Römern – deutsch!

V,11

O du heimlicher Berg, heimlicher Drückeberg,
heut ereilt dich dein Tag, heut deines Tages Nacht:
denn der Landrat des Kreises Krimptsch
zeigt dem Bismarckverein dich an.

»Unsrer Gegend, fürwahr, fehlt der Charakter noch:
wie beschämt liegt sie da, hält vors Gesicht den Schurz
dunkler Tannen und schweigt traurig in sich hinein.
Ach, dem Rücken des Waldgebirgs,

seiner Linie voll Schwermut und Einsamkeit,
fehlt der Schornstein, jawohl, fehlt noch der Schornstein, draus
vaterländischer Sinn gleichsam zum Himmel raucht,
sozusagen und ungefähr!«

O du heimlicher Berg, heimlicher Drückeberg,
heut ereilt dich dein Tag, heut deines Tages Nacht:
Denn der Bismarckgebirgsverband
packt schon einen Turm für dich ein.

V,17

Gestern sah ich den letzten Gott,
der in Tibur gewohnt, wandern mit Hut und Stab.
Und indem ich noch sinnend stand:
wohin wandert er wohl? kam er auch langsam schon

auf mein kleines Sabinum zu.
Sei Herberge gewährt, sprach er, die letzte Nacht
einem scheidenden Menschenfreund.
Lange hielt ich es aus; erst, wie du weißt, in Rom,

dann, als Rom mir zur Hölle ward,
hier in Tibur; umsonst; denn dieses Tibur auch
steht im Zeichen nun des Verkehrs.
Und er hob seinen Stab: – Hörst du die Hupe dort?

Justament an mein Tempelchen
hat dies rasende Volk Halteplatz hingemalt;
und da tobt es nun Tag und Nacht,
und kein Mensch und kein Gott kommt mehr zu Schlaf und Ruh.

Ganz verloren erschien sein Blick ...
Nach Germanien nun, schloß er, begeb ich mich.
Dort haust, mein' ich, ein andrer Schlag,
Dichter, Träumer, wie du, sind sie dort allzumal.

Und so zog er beim Morgengraun
wirklich fort in dies Land, wo, wie er sagte, die
Menschen Dichter und Denker sind;
und so zog er denn, traun! fort nach – Utopia.

Kinderreime

Klein Irmchen

Spann dein kleines Schirmchen auf;
denn es möchte regnen drauf.

Denn es möchte regnen drauf,
halt nur fest den Schirmchen-Knauf.

Halt nur fest den Schirmchen-Knauf –
und jetzt lauf! und jetzt lauf!

Und jetzt lauf! und jetzt lauf!
Lauf zum Kaufmann hin und kauf!

Lauf zum Kaufmann hin und sag:
Guten Tag! guten Tag!

Guten Tag, Herr Kaufmann mein,
gib mir doch ein Stückchen Sonnenschein.

Gib mir doch ein Stückchen Sonnenschein;
denn ich will mein Schirmchen trocknen fein.

Denn ich will mein Schirmchen trocknen fein.
Und der Kaufmann geht ins Haus hinein.

Und der Kaufmann geht hinein ins Haus,
und er bringt ein Stückchen Sonne heraus.

Und er bringt ein Stückchen Sonne heraus.
Sieht es nicht wie gelber Honig aus?

Sieht es nicht wie gelber Honig schier?
Und er tut es sorgsam in Papier.

Und er tut es sorgsam in Papier.
Und dies Päckchen dann, das bringst du mir.

Und zu Haus, da packen wir es aus –
sieht es nicht wie gelber Honig aus?

Und die Hälfte kriegst dann du, mein Irmchen,
und die andere Hälfte kriegt das Schirmchen.

Und jetzt spann dein Schirmchen auf –
und lauf! und lauf!

Schlummerliedchen

Schlaf, Kindlein, schlaf!
Es war einmal ein Schaf.
Das Schaf, das ward geschoren,
da hat das Schaf gefroren.
Da zog ein guter Mann
ihm seinen Mantel an.
Jetzt brauchts nicht mehr zu frieren,
kann froh herumspazieren.

Schlaf, Kindlein, schlaf!
Es war einmal ein Schaf.

Von dem großen Elefanten

Kennst du den großen Elefanten,
du weißt, den Onkel von den Tanten,
den ganz ganz großen, weißt du, der –
der immer *so* macht, hin und her.

Der läßt dich nämlich vielmals grüßen,
er hat mit seinen eignen Füßen
hineingeschrieben in den Sand:
Grüß mir Sophiechen Windelband!

Du darfst mir ja nicht drüber lachen.
Wenn Elefanten so was machen,
so ist dies selten, meiner Seel!
Weit seltner als bei dem Kamel.

Die drei Spatzen

In einem leeren Haselstrauch
da sitzen drei Spatzen, Bauch an Bauch.

Der Erich rechts und links der Franz
und mitten drin der freche Hans.

Sie haben die Augen zu, ganz zu,
und obendrüber da schneit es, hu!

Sie rücken zusammen dicht an dicht.
So warm wie der Hans hats niemand nicht.

Sie hör'n alle drei ihrer Herzlein Gepoch.
Und wenn sie nicht weg sind, so sitzen sie noch.

Das neue Spiel

Lirum, larum, Löffelstiel!
Paßt auf, ich weiß ein neues Spiel!

Die Nase –
das ist ein Hase.

Die Ohren –
das sind zwei Mohren.

Das Kinn –
da wollen sie alle drei hin.

Jetzt fangen sie an zu laufen ...
Sie können schon nicht mehr schnaufen ...

Die Nase ist immer vorn,
dahinter laufen die Mohr'n.

Die Augen aber lachen:
Was sind denn das für Sachen!

Was sind denn das für Faxen!
Ihr seid doch angewachsen!

Das wissen wir allein!
so schallt es von den drei'n.

Macht euch doch nicht so groß!
Wir spielen ja doch bloß! –

Lirum, larum, Löffelstiel!
Ei, ist das nicht ein feines Spiel?

Die Weidenkätzchen

Kätzchen ihr der Weide,
wie aus grauer Seide,
wie aus grauem Samt!
O ihr Silberkätzchen,
sagt mir doch, ihr Schätzchen,
sagt, woher ihr stammt.

»Wollens gern dir sagen:
Wir sind ausgeschlagen
aus dem Weidenbaum,
haben winterüber
drin geschlafen, Lieber,
in tieftiefem Traum.«

In dem dürren Baume
in tieftiefem Traume
habt geschlafen ihr?
In dem Holz, dem harten,
war, ihr weichen, zarten,
euer Nachtquartier?

»Mußt dich recht besinnen:
Was da träumte drinnen,
waren wir noch nicht,
wie wir jetzt im Kleide
blühn von Samt und Seide
hell im Sonnenlicht.

Nur als wie Gedanken
lagen wir im schlanken
grauen Baumgeäst;
unsichtbare Geister,
die der Weltbaumeister
dort verweilen läßt.«

Kätzchen ihr der Weide,
wie aus grauer Seide,
wie aus grauem Samt!
O ihr Silberkätzchen,
ja, nun weiß, ihr Schätzchen,
ich, woher ihr stammt.

Das Häslein

Unterm Schirme, tief im Tann,
hab ich heut gelegen,
durch die schweren Zweige rann
reicher Sommerregen.

Plötzlich rauscht das nasse Gras –
stille! Nicht gemuckt! –:

Mir zur Seite duckt
sich ein junger Has –

Dummes Häschen,
bist du blind?
Hat dein Näschen
keinen Wind?

Doch das Häschen, unbewegt,
nutzt, was ihm beschieden,
Ohren, weit zurückgelegt,
Miene, schlau zufrieden.

Ohne Atem lieg ich fast,
laß die Mücken sitzen;
still besieht mein kleiner Gast
meine Stiefelspitzen …

Um uns beide – tropf – tropf – tropf –
traut eintönig Rauschen …
Auf dem Schirmdach – klopf – klopf – klopf …
Und wir lauschen … lauschen …

Wunderwürzig kommt ein Duft
durch den Wald geflogen;
Häschen schnuppert in die Luft,
fühlt sich fortgezogen;

Schiebt gemächlich seitwärts, macht
Männchen aller Ecken …
Herzlich hab ich aufgelacht –:
Ei, der wilde Schrecken!

Beim Mausbarbier

›Springst auch zum Bader?‹
  »Ja!«
›Spring'n wir zusammen!‹
  »Ein schöner Sonntag heut –«
›Duck dich!‹
  »Was ist?«
›Ein Has!‹
  »Ein Has! das ist was Rechts!«
›Sei still! wenn er dich hört, so –‹
  »Nun? –«
›Verklagt er uns beim Raben!‹
  »Du!«
›Was hast? ein Korn?‹
  »Hihi! die Hälfte freß ich –«
›Mehlgebacknes?‹
  »Und mit der andern zahl ich –«
›Den Barbier? Und ich?‹
  »Still! da sind wir!«
›Guten Morgen!‹

Aus einem Erdloch
unter einer Wurzel
verbeugt sich tief
ein alter Mausekopf –:
»Frisieren? brennen?
Bitte, nur herein!«
Die Mäuslein nehmen Platz
auf einer Moosbank
und harren stumm
in saubern Spinnwebmänteln,
indes der Alte
seine Eisen draußen
auf einen Stein
ins Sonnenfeuer legt.

»Die Härchen ausziehn?«
  »Nach der Mode!«
»Bitte! ...«
Bedächtig zieht
der alte Mausbarbier
die Schnurrbartfädchen
durch das warme Scherlein.

Dann wichst er sie
ein wenig noch mit Harz
und wäscht zum Überfluß
die samtnen Köpfchen
mit Birkenöl
und scheitelt sie geschickt.
Dann knüpft er flink
die Mäntel ab
und bürstet
die sonntäglichen Wämser
spiegelglatt.
Mit Anstand holt
das eine Mäuslein drauf
den Kuchen aus der Tasche:
»Bitte!«
»Danke!« ...

Von seinem Loch aus
guckt der Mausbarbier
dem stolzen Paar
behaglich knabbernd nach
und lugt vergnügt
zum blauen Himmel auf,
der reiche Kundschaft
heute noch verspricht.

Traumliedchen

Träum, Kindlein, träum,
im Garten stehn zwei Bäum.

Der eine, der trägt Sternlein,
der andre Mondenhörnlein.

Da kommt der Wind der Nacht gebraust –
und schüttelt die beiden mit rauher Faust.

Das Mondenhörnleinbäumlein steht,
als wäre gar kein Wind, der weht.

Das Sternenbäumlein aber, ach,
dem fallen zwei Sternlein in den Bach.

Da kommen zwei Fischlein munter –
und schlucken die Sternlein hinunter.

Und hätte es nicht sterngeschnuppt,
so wären sie nicht so schön geschuppt.

Träum, Kindlein, träum,
im Garten stehn zwei Bäum ...

der eine, der trägt Sternlein,
der andre Mondenhörnlein ...

Träum, Kindlein, träum ...

AUF VIELEN WEGEN

Auf vielen Wegen (1897)
(Auswahl)

Der gläserne Sarg

Zwölf stumme Männer trugen mich
in einem Sarge von Kristall
hinunter an des Meeres Strand,
bis an der Brandung Rand hinaus.
So hatte ich's im Testament
bestimmt: Man bette meinen Leib
in einem Sarge von Kristall
und trage ihn der Ebbe nach,
bis sie den tiefsten Stand erreicht.
Der Sonne ungeheurer Gott
stand bis zum Gürtel schon im Meer:
An seinem Glanze tränkte sich
wollüstig noch einmal die Welt.
Ich selber lag in rotem Schein
wie ein Gebilde aus Porphyr.
Da streckte katzengleich die Flut
die erste Welle nach mir aus.
Und ging zurück und schob sich vor
und tastete am Sarg hinauf
und wandte flüsternd sich zur Flucht.
Und kam zurück und griff und stieß
und raunte lauter, warf sich kühn
darüber, einmal, viele mal.
Und blieb, und ihrer Macht gewiß,
umlief frohlockend sie mein Haus
und pochte dran und schäumte auf,
als ihrer Faust es widerstand.
Und hoch und höher wuchs und wuchs
das Wasser um mein gläsern Schloß.
Nun wankte es, als hätt ein Arm
und noch ein Arm es rauh gepackt,
und scholl in allen Fugen, als

ein Wellenberg auf ihm sich brach
und es wie ein Lawinensturz
umdröhnte und verschüttete.
Und langsam wich der nasse Sand.
Und seitlings neigte sich der Sarg.
Und, unterwühlt und übertobt,
begann er um sich selber sich
schwerfällig in die See zu drehn.
Zu mächtig, daß die Brandung ihn
zum Strand zu schleppen hätt vermocht,
vergrub er rollend sich und mich
in totenstillen Meeresgrund.
So lag ich denn, wie ich gewollt.
Und dunkle Fische zogen still
zu meinen Häupten hin und her.
Und schwarzer Seetang überschwamm
mein Grab. Und mein Bewußtsein schwand.

Mensch und Möwe

Eine neugierkranke Möwe,
kreiste ich zu Häupten eines
Wesens, das in einen weiten,
dunklen Mantel eingewickelt
von dem Kopfe einer Bune
auf die grüne See hinaussah.
Und ich wußte, daß ich selber
dieses Wesen sei, und war mir
dennoch selbst so problematisch,
wie nur je dem klugen Sinne
einer Möwe solch ein dunkler
Mantelvogel, Mensch geheißen.
Warum blickt dies große, stumme,
rätselhafte Tier so ernsthaft
auf der Wasser Flucht und Rückkehr?
Harrt es auf geheime Beute?
Wird es plötzlich aus des Mantels

Schoß verborgne Schwingen strecken
und mit schwerem Flügelschlag den
Schaum der weißen Kämme streifen?
So und anders fragte rastlos
mein beschränktes Möwenhirn sich,
und in immer frechern Kreisen
stieß ich, kläglich schreiend, oder
ärgerlich und höhnisch lachend,
um mich selber ... Da erhob sich
aus dem Meere eine Woge ...
stieg und stieg ... Und Mensch und Möwe
ward verschlungen und begraben.

Malererbe

Die Spanne, die nicht Träumen ist noch Wachen,
beschenkt mich oft mit seltsamen Gedichten:
Der Geist, erregt, aus Chaos Welt zu machen,
gebiert ein Heer von landschaftlichen Sichten.

Da wechseln Berge, Täler, Ebnen, Flüsse,
da grünt ein Wald, da türmt es sich granitten,
da zuckt ein Blitz, da rauschen Regengüsse,
und Mensch und Tier bewegen sich inmitten.

Das sind der Vordern fortgepflanzte Wellen,
die meinen Sinn bereitet und bereichert,
das Erbe ihrer Form- und Farbenzellen,
darin die halbe Erde aufgespeichert.

Vom Tagwerk des Todes
(Totentanz)

Der Tod und der Müde

»Von der Brücke hinunter
in die dunklen, ruhlosen Fluten,
deren Wellen um Wellen
deine Blicke mit sich fort ziehen,
deren Wellen um Wellen
ein Stück deines Willens
davonführen,
bis er ganz dir geraubt,
und dein Leib,
leer,
schwer,
übers Geländer schlägt –
von der Brücke hinunter
schaue, spähe ...
siehst du das Wort nicht,
das meine Finger
ins Wasser schreiben?
Friede ... Friede ...!
und was ich nun schreibe?
Komm!
Komm!!
Siehst du es nicht?
Beuge dich tiefer!
Komm!!!«

Der Tod und der einsame Trinker
Eine Mitternachtszene

»Guten Abend, Freund!«
»»Dein Wohl!««
»Wie geht's?«
»»Dein Wohl!««

»Schmeckt's?«
                    »»Dein Wohl!««
»Du zürnst mir nicht mehr?«
                    »»Dein Wohl!««
»Im Ernst?«
                    »»Dein Wohl!««
»Hab Dank!«
                    »»Dein Wohl!««
»Aber –«
                    »»Dein Wohl!««
»Zuviel!«
                    »»Dein Wohl!««
»Nun –«
                    »»Dein Wohl!««
»Wie du willst!«
                    »»Dein Wohl!««
»Narr!«
                    »»Dein Wohl««
»Genug!«
                    »»Dein –««

Am Ziel

Schlote schnauben, Lichter funkeln,
Pfiffe schrillen, Rufe schallen,
draußen vor des Bahnhofs Hallen
harrt Verderber Tod im Dunkeln.

Fest ist alles abgekartet
mit dem trunknen Wart der Weiche,
daß der Zug das Gleis erreiche,
drauf der Gegen-Eilzug wartet.

Und schon wächst es mit den grellen
Spählaternen aus der Ferne,
glühnder Rauch verhüllt die Sterne,
hohl erdröhnt das Holz der Schwellen.

Blind, im Schienen-Überfluge,
stampft der Zug die falschen Gleise:
Schimmernd grüßt das Ziel der Reise –
Leise lacht es hinterm Zuge.

Eine Großstadt-Wanderung

Eine lange Gasse war mein Nachtweg.
Vor mir schalt ein Kerl mit seiner Dirne,
hohl zerbrach der Hall am Wall der Wände.
Nun ein kurzer Kampf – und gellend schreiend
floh das Weib den Weg an mir vorüber.
Aus dem Dämmer tauchten, wie dem Boden
jäh entwachsen, drohende Gestalten,
Pfiffe schrillten, schwere Tritte trabten,
Flüche zischten: Fort! die Polizisten!
Und im Nu von Nacht verschlungen alles.
Wimmern noch ... Geworfne Türen ... Stille ...
Ausgestorben schien der ganze Stadtteil.
Rot und trübe kämpften die Laternen.

Und ich sah, erstarrt, durch eine Hauswand ...
Eines Kaufherrn Schlafgemach beschlichen
zwei geschwärzte Burschen. Auf den Schläfer
warf der eine sich, der andre feilte
an dem Schrank. Dem Ächzen seiner Säge
mischten grausig sich erstickte Laute.
Gold, Papiere, Ringe rissen gierig
ihre Finger aus den Fächern ... Leise
rief es durch die Tür: Die Wache warnte.
Hastig raffte jeder noch das Nächste,
wusch sich flüchtig die befleckten Hände –
Dringend rief es noch einmal. Die Kerze
gloschte. Schwarz und lautlos lag das Zimmer.

Und ich ging die lange Gasse weiter.
Hinter fensterlosen Mauern sah ich
neue Frücht' und Opfer der Gesellschaft.
Der zerschlug sich den geschornen Schädel ...
Der verstierte sich hinauf zur Luke ...
Der durchtappte rastlos seine Zelle ...
Augen brannten; Lippen fluchten flüsternd;
Fäuste krampften sich; Gehänge klirrten;
mancher wälzte sich in lauten Träumen;
doch die meisten schliefen tief wie Tote.
Frech vertiert, verduldet, unterwürfig,
gramzerfressen, haßverzerrt, verachtend,
also prägten schrecklich sich die Mienen.

Und mich zog die lange Gasse weiter.
Endelosen Fensterreihn entscholl es,
mir nur hörbar, dumpf und unablässig,
wie von Stöhnen, Weinen, Weherufen.
Sieche, Krüppel, Giftige, Zersetzte
nährten dort des Lebens arme Flämmchen,
hofften, rafften sich von Tag zu Tage,
bis des Todes Weisheit endlich siegte.
Wie sie so in weißen Kissen wachten ...
Opfer ihrer Herkunft, ihres Standes,
ihrer Gierden, ihrer Dienst und Taten,
ihrer Mitwelt, die sie stieß und hemmte!
Wie die bleichen Händ' anklagend winkten!

Und ich floh die trübe Gasse weiter.
Gebt euch nicht so stolz, ihr roten Mauern,
oder prahlt mit freudigeren Gästen!
Niemand weiß es, wer sie sind, sie selber
lächeln seltsam, fragst du, wie sie heißen.
Sind an Tafeln zwar geladen worden,
drauf zu lesen, wo man sie getroffen –:
Den in einem Wehr beim Fest der Fische;

die in einem Hag voll Heckenrosen;
den auf blanken Gleises kaltem Kissen;
den in einer Herberg fremdem Zimmer.
Aber alle ruhn sie bleich und schweigend,
lächeln starr-verächtlich deiner Fragen.

Und ich wanderte mechanisch weiter.
Hinter einer hohen Gartenmauer
hob aus Bäumen sich ein altes Kloster,
dessen eisenstabverkreuzte Scheiben
wirren Lärms zuweilen dumpf erklirrten.
Plötzlich ward ein Fenster aufgerissen,
und ein Mensch im Hemde überschrie sich
in den leeren Park hinunter: »Rechts schwenkt!
Laufschritt! Marsch marsch!
Das Gewehr zum Sturm rechts
Ha–alt! Nieder! Fertig! Feuer! Feuer!
Feu–« Jäh brach es ab, zu schlug das Fenster.
Fernes Toben. – Über dem Portal stand:
»Selig sind, die große Trübsal dulden!«

Und ich setzte meine Schritte weiter –
fast so ungewiß wie der Betrunkne,
der im Morgengrauen mir entgegen
kam –: Nun tappte er zur Seit', nun rückwärts,
schoß vornüberfallend vorwärts, rannte
wider die Laterne, griff ins Leere,
schwankte, rollte in den Kot der Gosse …
Selber wirbelte mir Wust im Haupte …
Särge, drängten sich die Häuser; Grüfte
hallten, wo ich schritt; von Moder, Fäulnis
schnob die Luft; Gewölke Bluts und Tränen
dampften, dunsteten, mich dumpf erstickend …
Weiß nicht mehr, wie ich den Weg vollendet.

Meeresbrandung

Warrrrrrrte nur ....
wie viel schon riß ich ab von dir
seit den Äonen unsres Kampfs –
warrrrrrrte nur ....
wie viele stolze Festen wird
mein Arm noch in die Tiefe ziehn –
warrrrrrrte nur ....
zurück und vor, zurück und vor –
und immer vor mehr denn zurück –
warrrrrrrte nur ....
und heute mild und morgen wild –
doch nimmer schwach und immer wach –
warrrrrrrte nur ....
umsonst dein Dämmen, Rammen, Baun,
dein Wehr zerfällt, ich habe Zeit –
warrrrrrrte nur ....
wenn erst der Mensch dich nicht mehr schützt –
wer schützt, verloren Land, dich dann?
warrrrrrrte nur ....
mein Reich ist nicht von seiner Zeit:
er stirbt, ich aber werde sein –
warrrrrrrte nur ....
und will nicht ruhn, bis daß du ganz
in meinen Grund gerissen bist –
warrrrrrrte nur ....
bis deiner höchsten Firnen Schnee
von meinem Salz zerfressen schmilzt –
warrrrrrrte nur ....
und endlich nichts mehr ist als Ich
und Ich und Ich und Ich und Ich –
warrrrrrrte nur ....

Die Flamme

»So sterben zu müssen –
auf einer elenden Kerze!
tatenlos, ruhmlos
im Atemchen
eines Menschleins
zu enden! ...
Diese Kraft,
die ihr alle nicht kennt –
diese grenzenlose Kraft!
Ihr Nichtse! ...
Komm doch näher,
du schlafender Kopf!
Schlummer,
der du ihn niederwarfst –
ruf doch dein Brüderlein Tod –
er soll ihn mir zuschieben –
den Lockenkopf –
ich will ihn haben – haben!
Sieh,
wie ich ihm entgegenhungre!
Ich renke mir alle Glieder
nach ihm aus ...
Ein wenig noch näher –
näher –
ein wenig –
so –
jetzt vielleicht –
wenn's glückt –
ah! du Hund!
Er will erwachen?
still –
still –
so ist's noch besser!
Der Pelz am Mantel –
der Pelz – der Pelz –
hinüber – hinüber –

ah! faß ich dich – hab ich dich –
hab ich dich, Brüderchen –
Pelzbrüderchen, hab ich dich – ah!
Hilft dir nichts –
wehr dich nicht mehr!
Mein bist du jetzt –
Hand weg!
Wasser weg!
Mein bist du jetzt!
Wasssser weg!
Wart, da drüben ist
auch noch für mich –
so –
den Vorhang hinauf –
fängst mich nicht mehr –
Tuch – Tuch –
jetzt bin ich Herr!
Siehst du, jetzt breit ich mich
ganz gemächlich im Zimmer aus –
laß doch den Wasserkrug!
Laß doch das Hilfgeschrei!
Bis sie kommen,
bin ich schon längst
in den Betten und Schränken –
und dann könnt ihr nicht mehr herein –
und ich beiß in die Balken der Decke –
die dicken, langen, braunen Balken –
und steig in den Dachstuhl –
und vom einen Dachstuhl
zum andern Dachstuhl –
und irgendwo
werd ich wohl Stroh finden,
und Öl finden,
und Pulver finden –
das wird eine Lust werden!
Das wird ein Fest werden!
Und wenn ich die Häuser alle zernichtet –
dann wollen wir mit Wäldern

die Fische in den Flüssen kochen –
und ich will euch hinauftreiben
auf die kältesten Berge –
und da droben
sollt auch ihr meine Opfer werden,
sollt ihr meine Todesfackeln werden –
und dann wird alles still sein –
und dann –«

Kleine Geschichte

Litt einst ein Fähnlein große Not,
halb war es gelb, halb war es rot,
 und wollte gern zusammen
 zu einer lichten Flammen.

Es zog sich, wand sich, wellte sich,
es knitterte, es schnellte sich –
 umsonst! es mocht nicht glücken
 die Naht zu überbrücken.

Da kam ein Wolkenbruch daher
und wusch das Fähnlein kreuz und quer,
 daß Rot und Gelb, zerflossen,
 voll Inbrunst sich genossen.

Des Fähnleins Herren freilich war
des Vorgangs Freudigkeit nicht klar –
 indes, die sich besaßen,
 nun alle Welt vergaßen.

Das Häuschen an der Bahn

Steht ein Häuschen an der Bahn,
hoch auf grünem Hügelplan.

Tag und Nacht, in schnellem Flug,
braust vorüber Zug um Zug.

Jedesmal bei dem Gebraus
zittert leis das kleine Haus –:

»Wen verläßt, wen sucht auf
euer nimmermüder Lauf?

Oh, nehmt mit, o bestellt,
Grüße an die weite Welt!«

Rauch, Gestampf, Geroll, Geschrill …
Alles wieder totenstill.

Tag und Nacht dröhnt das Gleis.
Einsam Häuschen zittert leis.

Der zeitunglesende Faun

Auf einem Eichenstrunk, die Ziegenbeine
behaglich überschlagen, sitzt ein Faun
und liest in einem alten Zeitungsblatt,
das er im Walde irgendwo gefunden.
Ein Feuilleton ›Die Presse, ihre Macht
und heilige Mission‹ beschäftigt ihn.

»Die Presse« liest er »ist das Fundament
der heutigen Kultur, der stärkste Hebel
geistigen Fortschritts, höherer Gesittung.
Sie ist die Lehrerin, Erzieherin
und Richterin der Völker! Nichts entzieht sich

der Allmacht ihrer Kritiker: Sie prüft,
beleuchtet alles, was du denkst und tust,
sie ist die vornehmste, stets wachsame
und drum so wichtige Vertreterin
der öffentlichen Meinung. Papst und Kaiser
umbuhlen sie. Und bis herab zum Bettler
sieht alle Stände, alle Klassen man
ihr unterworfen und gezwungen, sie
zu respektieren. Und noch mehr, noch mehr!
Sie ist das unentbehrlich-wichtigste
Verkehrs- und Bildungsmittel unsrer Zeit:
Bezieht ein großer Teil der Menschheit doch
heut sein gesamtes Wissen aus der Zeitung!
Denn mehr und mehr verdrängt die Tagespresse
der langen Bücher zweifelhaften Wert:
Der Menschen Kraft, Bedürfnis nehmen heut
die Zeitungen und Zeitschriften in Anspruch,
so daß der Sammlung fordernden Lektüre
kein Raum mehr bleibt. Die für den Tag geschriebnen
und mit dem Tag vergehnden Zeitungen,
sie wirken eben rascher als die dicken,
gedankenschweren Bücher, ja noch mehr!
In ihren Händen liegt das Schicksal aller
schriftstellerisch- und dichterischen Werke!«

Mit breitem Grinsen liest es der Panisk,
und seine Flöte an die Lippen langend,
erhebt er sich und trabt vergnügt waldein.
Ein Wiesel raschelt unterm Stamm hervor;
die hohen Eichen flüstern hell im Wind;
und das Papierchen tanzt in eine Pfütze.

Goldfuchs, Schürz und Flasche

Eine Ballade

Auf der Waldwies hausten heut
sonderbare Brüder,

sangen, sprangen um die Wett
zu eines Alten Fiedel, –

Goldfuchs, rund wie ein Bankier,
Schürze, zart und weiß wie Schnee,
Flasche, grau wie Asche.

Sang der Goldfuchs:
Alles dreht
sich um mich
früh und spät,
rum didl dum
rum didl dauz,
bum bum bum,
bauz!

Sang die Schürze:
Alles dreht
sich um mich
früh und spät,
rum didl dum,
rum didl dauz,
bum bum bum,
bauz!

Sang die Flasche:
Alles dreht
sich um mich
früh und spät,
rum didl dum,
rum didl dauz,
bum bum bum,
bauz!

Warf der Alt' die Fiedel weg,
kriegt den Fuchs zu fassen,
schickt ihn wie 'nen Schlitterstein
weit hinaus aufs Wasser,

griff die Schürze, stopfte sie
zwischen Ripp' und Gürtel,
schmiß die leere Flasch' zu Boden,
daß sie gell zerklirrte ...

Wandte sich, das Buschwerk schlug
hinter ihm zusammen,
aber lang noch hört man ihn
fernher brummen:
Alles dreht
sich um mich
früh und spät,
rum didl dum,
rum didl dauz,
bum bum bum,
bauz!

Die Brücke

Einem Bildhauer der Zukunft

Bis an die Kniee stehn im Strom
die beiden Riesen Kraft und Maß:
Auf ihren breiten Nacken ruht
der Brücke stählernes Gebälk.

Beine breit in Grund gestemmt,
Hände auf des andern Schulter,
Stirn an Stirne fest gepreßt,
stehn sie da und schaun hinunter.

Da flieht die Welle ruhlos hin,
und weiße Segel ziehn einher,
und dunkle Schlote wölken Rauch,
und Schollen türmt des Winters Frost.

Aber unbewegten Blicks
stehn die muskelfrohen Hünen;

leis nur zuckt des Einen Leib
stampft es droben donnernd drüber.

Der andre aber preßt die Stirn
nur fester, fester nur die Faust:
Er kennt des Bruders trotzig Herz,
das tief im Kern die Menschheit haßt.

Der Schlaf

Der Schlaf schickt seine Scharen in die Nacht,
Unholde, Legionen auf Legion ...
Vom Rücken schleichen sie ihr Opfer an,
auf leisen Tatzen, und umarmen es,
wie Bären, unentrinnbar und geräuschlos –
bis alle Muskeln ihm erschlafft, und stumm
von ihrer Brust der Leib zu Boden rollt ...
Und wenn so alles hingebettet liegt,
so traben sie zu ihrem Herrn zurück,
und ihr Gebrumm erfüllt wie dumpfer Donner
die düstren Waldgebirge seines Reichs.

Legende

Empfunden bei einem Prélude Chopins

Vom Tisch des Abendmahls erhob
der Nazarener sich zum Gehn
und wandte sich mit seiner Schar
des Ölbergs stillen Wäldern zu.

Erloschen war der Wolken Glut;
in Hütt' und Höfen ward es licht;
hell glänzten nah und näher schon
die Fenster von Gethsemane.

Aus einer Scheune klang vertraut
das Tanzlied eines Dudelsacks,
und Mägd' und Bursche drehten sich
zum Feierabend drin im Tanz.

Und Jesus trat ans Tor und sah
mit tiefem Aug dem Treiben zu ...
Und plötzlich übermannte ihn
ein dunkles, schluchzendes Gefühl.

Und, Tränen in den Augen, trat
er zu auf eine junge Magd
und faßte lächelnd ihre Hand
und schritt und drehte sich mit ihr.

Ehrfürchtig wich der rohe Schwarm;
die Jünger standen starr und bleich –
Er aber schritt und drehte sich
als wie ein Träumer, weltentrückt.

Da brach auf eines Jüngers Wink
des Spielers Weise jählings ab –
ein krampfhaft Zucken überschrak
des Meisters hagre Hochgestalt –:

Und tiefverhüllten Hauptes ging
er durch das Tor dem Garten zu ...
Wie dumpf Gestöhn verlor es sich
in der Oliven grauer Nacht.

Die Apokalyptischen Reiter

Beim stillen Weinglas saß ich spät und spannte
zerrißne Saiten neu der treuen Geige –:
Da war's, daß mir das harte Haupt des Dante

erschien in meines Römers dunkler Neige:
Als wollte es die Lieder-Stufen höhnen,
auf denen ich zu meinem Ruhme steige.

Und alsobald begann im Zorn zu tönen
mein Saitenspiel von hochvermeßnen Händen
und füllte mein Gemach mit eh'rnem Dröhnen.

Und zuckend von irrlichterischen Bränden
zerbarst vor mir die laute Nacht in Stücke,
und von Gespenstern schwoll's aus fahlen Wänden ...

Doch wie ich rasch des Worts tollkühne Brücke
nach solcher Schattenflucht zu schlagen strebe,
entweicht es schon und lockt mit neuer Tücke ...

Bis endlich in die rinnenden Gewebe
einschlägt des Willens grollende Gewalt
und eins ergreift inmitten seiner Schwebe –:

Mit finstren Stämmen drängt empor ein Wald,
drin Wiesengrund im Dreieck ausgeweitet,
von Klumpen Mondgewölkes überballt.

Doch mehr mein Aug dem Dämmer noch entstreitet:
Vier sattelleere Rosse schau ich grasen
und dunkle Körper unweit hingebreitet.

Sind's Räuber, die die Flucht hierher geblasen?
Ein Mondstrahl gleißt: Dies Haupt verrät ein Weib,
zwei grüne Augen schillern im Verglasen.

Und um dies Haupt welch fürchterlicher Leib!
Nur widerwillig gibt die fahle Nacht
sein Bild, daß keinem es zu treu verbleib.

Und jäh erkenn ich, wer hier Rast gemacht –:
Der Tod, der Krieg, der Hunger und die Pest –
tiefmüde Nachtrast! Nur der Hunger wacht ...

Die Greisin kauert Kinn an Knie gepreßt ...
Der Krieg, die Stirn am Schwertknauf, atmet schwer,
blutüberronnen noch vom letzten Fest ...

In freudelosen Halbschlaf sank selbst Er ...

Mittag-Stille

In der blauen Mittag-Stille
stehn die Föhren ohne Regung;
hält des Windes wilder Wille
einmal nicht sie in Bewegung?
Wie sie dem Gebieter grollen,
der sie Tag und Nacht ohn' Ende
zwingt, Gehorsam ihm zu zollen,
Flüsterlob und Wohlduft-Spende!

Und sie rühren keine Nadel,
träumen stumm ins blaue Schweigen;
selber ihren Groll und Tadel
haben sie nicht Lust zu zeigen;
kurzes Spechtgeklopf umlärmt sie,
Brummvolk summt nach süßem Lohne,
tiefes Wohlgefühl durchwärmt sie
von der Wurzel bis zur Krone.

Der alte Steinbruch

Tief im Walde, tief im Walde
bildet, fern der Wege Reich,
eines Bruchs verlaßne Halde
einen kleinen, stillen Teich.

Moosbewachsne Blöcke ragen
aus der seichten Regenflut,
Falter und Libellen jagen
über bunter Lurche Brut.

Aber wenn im Abendbrande
hinterm Wald die Glut verraucht,
stößt und rudert es vom Rande,
kriecht und klettert, plumpst und taucht.

Und der Unken Urgroßahne
– niemand weiß, wann Gott ihn schuf –
ruft, daß er sein Weibchen mahne,
seinen dunklen Werberuf.

Daß das Froschgeschlecht nicht sterbe,
bleibt zuletzt nicht einer still:
Denn der Tümpel ist ein Erbe,
das getreu gewahrt sein will.

Liebeskranke Grunzer fliehen
der bewegten Weibchen Schlund;
immer kühnre Harmonien
fülln den dämmertrauten Grund.

Bis des Mondes Goldhorn endlich
neuen Schimmers alles speist:
Nun erwahrt sich unabwendlich
trunkner Nächstenliebe Geist …

Tief im Walde, tief im Walde
schwärmt Froschbräutigam und -braut
in versteckter Steinbruchhalde,
bis der letzte Stern ergraut.

Auf dem Strome

Am Himmel der Wolken
erdunkelnder Kranz …
Auf schauerndem Strome
metallischer Glanz …
Die Wälder zuseiten
so finster und tot …
Und in flüsterndem Gleiten
vorüber mein Boot …

Ein Schrei aus der Ferne –
dann still wie zuvor …
Wie weit sich von Menschen
mein Leben verlor! …
Eine Welle läuft leise
schon lang nebenher,
sie denkt wohl, ich reise
hinunter zum Meer …

Ja, ich reise, ich reise,
weiß selbst nicht wohin …
Immer weiter und weiter
verlockt mich mein Sinn …
Schon kündet ein Schimmer
vom morgenden Rot –
und ich treibe noch immer
im flüsternden Boot.

Sommernacht im Hochwald

Im Hochwald sonngesegnet
hat's lange nicht geregnet.

Doch schaffen sich die Bäume
dort ihre Regenträume.

Die Espen und die Erlen –
sie prickeln und sie perlen.

Das ist ein Sprühn und Klopfen
als wie von tausend Tropfen.

Die Lärchen und die Birken –
sie fühlen flugs es wirken.

Die Fichten und die Föhren –
sie lassen sich betören!

Der Wind weht kühl und leise.
Die Sterne stehn im Kreise.

Die Espen und die Erlen:
sie schaudern tausend Perlen …

Mattenrast

Wiese, laß mich ganz in dein
Wohlgefühl versinken,
dein legionenfältig Sein
als mein eignes trinken.

Deine breite Sonnenbrust
laß die meine werden,
meine Lust die feine Lust
deiner Gräserherden.

Mächtig schwelle mein Gesang
dann aus solchem Grunde,
künde Glückesüberschwang
höchster Sommerstunde.

Bergziegen

Vor dem Abendhimmel gehen
längs der Felsen schärfsten Kanten
ein – (da bin ich schon gesehen!)
Bock und seine Geißtrabanten.

Und nun spähen sie herunter,
stehen, wie aus Stein geschnitten …
Aber blitzschnell sind sie munter,
bin ich meines Wegs geschritten!

Und in weiten Sätzen eilt die
Herde, mich ins Dorf zu bringen:
bleib ich stehen, so verweilt sie,
geh ich, hör ich's wieder springen.

Endlich sprech ich Donnerstrophen,
wende mich an ihre Bärte:
»Laßt des Philosophen Fährte!
Seid doch selber Philosophen!«

Feierlich und fragend schauen
lang wir einer auf den andern …
Und mit hochgezognen Brauen
lassen sie mich schließlich wandern.

Ich und die Welt (1898)

(Auswahl)

O – Raison d'Esclave

»Krücken, Krücken! gebt uns Krücken!
Ach, wie geht die Menschheit lahm,
seit man, neu sie zu beglücken,
ihr die alten Stützen nahm.

Brillen, Brillen! gebt uns Brillen!
grün und blau und gelb und rot!
Volles Licht ist für Pupillen
unsrer Art der sichre Tod.

Lügen, Lügen! gebt uns Lügen!
Ach, die Wahrheit ist so roh!
Wahrheit macht uns kein Vergnügen,
Lügen machen fett und froh!

Gängelbänder, Schaukelpferde,
Himmel, Hölle und Moral –
und dich selbst gib deiner Herde
neu zurück, o großer Baal!«

Per exemplum

Ich wollt, ich wäre Gott;
denn Mensch sein
heißt Prahler sein.

In Gedanken
mit Sternen spielen –
Spiel für Dichter
und Wäscherinnen.

Aber wär ich Gott ...
ich griffe mir
per exemplum
ein violettbestrumpftes,
schnupftabaktalariges,
zölibatbettiges
Pfäfflein
von irgendeinem
bigotten Planeten,
macht es so groß
wie mich selber
und hängt ihm dann
das ganze Sternall
als Rosenkranz
über die Hand –
es abzubeten.

Entwickelungsschmerzen

Ich werde an mir selbst zugrunde gehn.
Ich, das sind zwei, ein Möchte sein und Bin –
und jenes wird zum Schlusse dies erwürgen.
Das Möchte sein ist wie ein rasend Roß,
an dessen Schweif das Bin gefesselt ward,
ist wie ein Rad, darauf das Bin geflochten,
ist wie ein Mönch, der sich den Leib zerdornt,
wie eine Furie, deren Finger sich
in ihres Opfers Haar verstricken, wie
ein Vampir, der am Herzen sitzt und saugt
und saugt ...
Wohl wie ein Gott auch, der emporziehn will,
oder ein Weib, aus dessen Augen es
dem Wanderer entgegenlockt, und das
der atemlose Narr doch nie erreicht.
So sieht mein Ich von innen aus, von außen
ein Haus wie andre, hell die Fenster manchmal,
doch öfter dunkel. Stoß die Tür auf! schau

die schöne Eh' von Bin und Möchte sein!
Schaut nur hinein und ruft bedauernd ach!
und weh! und, wenn's euch leichter macht, auch pfui!
Bin ich nicht Dichter? Hab ich nicht das Vorrecht –
o welch ein Vorrecht! – jedem frechen Auge
die Räume meiner Häuslichkeit zu zeigen?
Hört doch mein Pathos, das euch jeden Winkel
beschreibt und tut, als hätt es just zum Zweck,
ihn euch als Sehenswürdigkeit zu preisen.
Ists Eitelkeit, die mich zum Cicerone
der eignen Seele macht? ists Geiz nach Ehre?
Mangel an Scham, an Stolz, an Wert, an Tiefe?
Das alles ists wohl auch, doch ists noch mehr.
So etwas noch wie Rachsucht, Grausamkeit,
Blutgierde, Haß, Verachtung wider mich selbst,
so etwas, das nicht hat, was es erlechzt,
ein Durst nach Macht, der, ungestillt, verzehrt,
das Wär ich! vor der kalten Sphinx Ich bin.
Ja, darum führ ich euch herum in mir,
weil ich mir selbst damit das Herz zerreiße,
mich selbst erniedre und zum Schwätzer mache;
es tut so wohl, wenn man den stumpfen Schmerz
laut bluten läßt aus aufgerißnen Wunden.
Und dann: Ihr seht ja nur das Blut und nicht
das Herz, daraus es stammt: Es lacht vielleicht,
wenn ihr des Blutes Färbung düster findet,
und weint gewiß, indes ihr wähnt, es lacht.
Wohl lud ich oft euch in mein Haus – allein
die Dielen haben Doppelböden, Spiegel,
dreht man sie um, sind Türen insgeheim,
und im Getäfel schlafen weite Truhen.
Ihr wißt *gar nichts.* Und ob ich mich verlöre
in einen Strom von Worten! Werft euch lüstern
in diesen Strom! Da fließt er. Er gehört euch. –
Ich werde an mir selbst zugrunde gehn.

Frage ohne Antwort

Was bist du, Unbegriffnes,
Mensch genannt –
Antlitz in Antlitz
eingewendet Janushaupt –
Urwerden
Aug in Aug mit Wissenheit –
Urzwiegesicht
und doch ureine Form – –?

Vaterländische Ode

Weh dir,
der du ein Deutscher bist!
Deine glühende Seele
mußt du in Einsamkeit flüchten;
denn im Qualm und Geschrei deiner Märkte
achtet niemand dein –
und wie ein Narr
stehst du, feierlich dich gebärdend,
schwere, langsame Worte rollend,
unter der wirren, kreischenden Menge.

Rolltest du blanke Taler
in ihre Gassen,
heiß umpestete dich
ihr geiler Atem –
aber verhüllten Hauptes,
Mensch der Würde,
wendest du dich …
Hier ist unheiliger Boden.

Weh dir,
der du ein Menschenfreund –
doppelt weh dir,
der du es Deutschen bist!

Aus der Inbrunst deiner Liebe
mußt du dich
immer wieder
in brennender Scham
an die Kniee der Einsamkeit
flüchten!

Der einsame Christus

Wachet und betet mit mir!
Meine Seele ist traurig
bis an den Tod.
Wachet und betet
mit mir!
Eure Augen
sind voll Schlafes –
könnt ihr nicht wachen?
Ich gehe,
euch mein Letztes zu geben –
und ihr schlaft …
Einsam stehe ich
unter Schlafenden,
einsam vollbring ich
das Werk meiner schwersten Stunde.
Wachet und betet mit mir!
Könnt ihr nicht wachen?
Ihr alle seid in mir,
aber in wem bin ich?
Was wißt ihr
von meiner Liebe,
was wißt ihr
vom Schmerz meiner Seele!
O einsam!
einsam!
Ich sterbe für euch –
und ihr schlaft!
Ihr schlaft!

Der Blick

Mir gegenüber,
dicht unterm Dach,
sitzt ein Weib
am geduckten Fenster
und näht.

Früh
in das steigende Licht,
spät
in die fallende Nacht.

Manchmal
blickt es vom Schoße auf
und verloren hinaus
auf die Dächer –
die Wolken –
die Ewigkeit.

Ich kann
sein Auge nicht sehn,
aber ich *fühle* den Blick,
ich blicke ihn mit,
den zehrenden Blick
auf die Dächer –
die Wolken –
die Ewigkeit ...

Das Auge Gottes

Einst träumte mir das Auge Gottes,
und Grausen überfiel mich.
Entschürzt, entzaubert lag die Welt vor ihm,
entwirrt, entblößt bis in den letzten Winkel
entheimlicht, nüchtern, reiz- und rätsellos.
Nichts *log* ihm mehr.

Der ahnungsvolle Rauch,
den wir in Qual und Wonne Leben nennen,
zerflatterte vor ihm, ward kalte Klarheit,
Durchsichtigkeit, notwendige Verknüpfung.
Die Blitz und Donner der Gefühl und Triebe,
des Unbewußten herrlich jäher Sturm –
Verhältnisse von Zahlen.
Und mich fror.
Graunvolle Ahnung grenzenloser Öde
befiel mich.
Und ich wünschte mir den Tod.

Vor Michelangelos Sklaven

Louvre

Du bist der Schmerz,
der fremde Augen meidet,
der, übertief,
die eignen Augen schließt,
du bist der Schmerz,
der ohne Tränen leidet,
weil sich ihr Strom
nach innen stumm ergießt.
Ein ratlos Fliehn
todwilder Wehgedanken
tobt hinter deiner Lider
schlaffem Fall …
Sie brechen aus …
Zurück in ihre Schranken
peitscht sie Vernunft
mit spitzem Geißelknall.
Nun stehn sie eng,
wie angstgedrängte Pferde,
tiefköpfig, zitternd,
blutig, schaumbedeckt …
und stürzen endlich
wie vom Blitz zur Erde,

von einem letzten Schlag
zu Tod erschreckt.
Und, der sie hegt, dein Leib,
er will mit ihnen
zu Boden stürzen –
Ah! ... Aufbrennt das Mal
umschnürter Brust ...
Du stöhnst ... Mit starren Mienen
erträgst du weiter
deines Loses Qual.

Prometheus

Dein Leben setz an dein Werk!
Deine Liebe zerbrich!
Auf einsame Berge
flüchte verfemt empor!
Fittichfinster
fällt auf dich
der Geier Wahnsinn ...
Zuckend läßt du
dich zerfleischen ...
Über ihn fort
mit sterbenden Blicken
bohrst du dich noch
in ewige Nächte ...
Dunkel,
dampfend,
tropft es
den Abgrund hinab ...
Wer
achtet
Dein?
Wer
hebt unten
demantene Schalen? ...
Aber zwei Wanderer

hör ich
über dich reden –:
»Ein kranker Geist!«
»Ein krankes Werk!« …
Siehe, Prometheus,
das ist dein Dank!

Vor alle meine Gedichte

»Traurig« – »lustig« –
Worte!
Ich schreibe für Männer.
Freue sich, wer da kann,
der lebendigen Kraft,
die, unbekümmert
um das, was sie greift,
nur sich selber
auslassen und üben will!
Schaffen ist Kraft!
O ihr empfindsamen Werter!

Wir Lyriker

Warum wir immer noch Verse schreiben?
Um unbekannt und ungestört zu bleiben.

Eins und alles

Meine Liebe ist groß
wie die weite Welt,
und nichts ist außer ihr,
wie die Sonne alles
erwärmt, erhellt,
so tut sie der Welt von mir!

Da ist kein Gras,
da ist kein Stein,
darin meine Liebe nicht wär,
da ist kein Lüftlein
noch Wässerlein,
darin sie nicht zög einher!

Da ist kein Tier
vom Mücklein an
bis zu uns Menschen empor,
darin mein Herze
nicht wohnen kann,
daran ich es nicht verlor!

Meine Liebe ist weit
wie die Seele mein,
alle Dinge ruhen in ihr,
sie alle, alle,
bin ich allein,
und nichts ist außer mir!

Die Luft ward rein ...

Die Luft ward rein von »Gott«,
nun ist das Weltall frei –
auf, spannt die Bogen
nach den fernsten Sternen!

Stilles Reifen

Alles fügt sich und erfüllt sich,
mußt es nur erwarten können
und dem Werden deines Glückes
Jahr und Felder reichlich gönnen.

Bis du eines Tages jenen
reifen Duft der Körner spürest
und dich aufmachst und die Ernte
in die tiefen Speicher führest.

Wohl kreist verdunkelt oft der Ball …

Wohl kreist verdunkelt oft der Ball;
doch über den paar Wolken droben,
da blaut das sterndurchtanzte All
und läßt sich von den Göttern loben.

Die liegen auf den Wolkenbergen,
wie Hirten einer Fabelwelt,
und wissen kaum von all den Zwergen,
die das Gebirg im Schoße hält.

Sie lachen mit den weißen Zähnen
den Göttern andrer Sterne zu –.
Komm, Bruder, laß die leeren Tränen,
wir sind auch Götter, ich und du!

Der freie Geist

Oh, das ist Glück, wenn so zerschlagen
die Welt zu deinen Füßen liegt;
wohin dich deine Flügel tragen,
ist aller Raum und Zeit besiegt;
du schnellst dich tanzend durch die Weiten
und lachst der Menschen Wert und Wort,
ein Stück Natur aus Ewigkeiten,
selbst Urteil, Stunde, Maß und Ort.

Nächtliche Bahnfahrt im Winter

Wenn du so auf müder Nachtfahrt
durch die dunklen Lande eilest,
wird dir Manches Graun und Rätsel,
das du sonst zum Klaren teilest.

Kannst das Dunkel nicht zerspähen,
wirst ohn Ende fortgerissen –:
Hier ein Licht und dort ein Schatten
aus durchdröhnten Finsternissen.

Und du denkst, wie durch die weißen
Wälder frierend Rehe ziehen,
bis sie vor den Dörfern stehen
mit von Frost zerschundnen Knieen.

Und du siehst die vielen Menschen
langgestreckt im Schlafe liegen,
und du siehst die große Erde
alles durch den Weltraum wiegen.

Du erschrickst –: Von lauter Stimme
hörst du einen Namen rufen – –
Ja, das ist das alte Städtchen
deiner ersten Werdestufen.

Und du denkst der lieben Gassen,
und du siehst dich selbst als Knaben …
Und schon liegt das Städtchen wieder
fern in Schlaf und Nacht begraben.

Und ein Schaudern und ein Wundern
läßt dein festes Herz erbeben,
und dich graut vor deiner Menschheit
unenträtselbarem Leben.

Ein Sommer (1900)
(Auswahl)

Dagny*

Wenn dieses zarte Glühen
in deine Wangen strahlt,
als wie den frühsten frühen
Himmel ein erster Schimmer malt,
da fühl ich erst, wie rein du bist,
welch feine klare Schale
voll unberührtem Wein du bist,
bestimmt zum höchsten Mahle
der Erde.

Wie mir der Abend das Grün der feiernden Tannen vergoldet
und noch mit leuchtendem Rot drunter die Stämme beglückt!
Irgendwo zwitschern und zwitschern noch kleine beseligte Meisen;
fernher, fernhin rollt selten ein spätes Gefährt,
oder es schlägt die Flut des Strands verborgene Zeile,
wenn ein Dampfer sie jäh rauschenden Buges verdrängt.
Aber da schaudert es plötzlich – die Sonne versank hinter Bergen,
und in das hohe Gewölk eilt nun der purpurne Glanz.
Farblos steht nun der Wald, allein die Gewässer, sie strahlen
lang noch das rötliche Blau mächtig entloderter Luft ...
Also sah ich einmal noch um Mitternacht rosige Schimmer
in des umschwiegenen Fjords zitternder Spiegelung ruhn.

* Dagny (norweg.) = erstes Frühlicht

Hochsommerstille

Das sind die stillen Tannen des August,
die stehn so unbewegt den ganzen Tag;
und wenn du nachts im lauen Fenster liegst,
aufstarren sie an blasser Himmelswand,
wie mit Asphaltbraun mächtig hingesetzt.

Was möchtest du noch einmal sehn,
wenn du einst tot bist?

Ein Stückchen Wald
im Vormittagsonnenglanz –
rötlich flimmerndes Zittergras,
auf schlanken, durchsichtigen Stielen
im harzigen Winde fächernd –
über seiner unendlichen Anmut
ein Zirkel Azur
mit zwei weißen Wölkchen –
ein Eichhorn,
von Tanne zu Tanne springend –
und einmal den Schatten
eines ziehenden großen Vogels ...

So etwas wünscht' ich noch einmal zu sehn,
wenn ich einst tot bin.

Weiter Horizont

Das ist's, was mich hier so entzückt:
Diese unbedingte Weite,
dieser Horizont in Tief' und Breite
verschwenderisch hinausgerückt.

Wasser-Studie

Dieses Blitzen auf der Bläue –
daß ichs bildlich näher bringe –
ist wie weißer Schmetterlinge
unentwirrbares Gebräue.

Eine Nacht

Sah ich schon je so finstre Nacht?
Da ich sie, Freund, dir schildern will,
such ich nach Worten selbst umsonst, so sehr
füllt Finsternis mich selber ganz und gar.

Es rauscht der Wind –

Es rauscht der Wind in den hohen Bäumen ...
tief unter ihm ich und mein Wort.
Es rauscht der Wind in den hohen Bäumen ...
Er rauscht meine Seele mit sich fort –
    Nirwâna zu.

Mächtige Landschaft

Vor dem blassen Dämmerhimmel,
den Gewölke, grau verworren,
fast schon jetzt zu Nacht verdunkeln,
steh ich, wie ich mich vom Armstuhl,
drin ich grad ein wenig ruhte,
aufgehoben, mit vom Schlafe
noch nicht ganz befreiten Augen.

Und das ungeheure Bild der
Landschaft, das mich so auf einmal
trifft, wie sie den Flügel ihrer

Wolken in die Nacht vorausreckt,
Wasser, Wälder, Berge so im
Schoß des eignen Schattens tragend,
hält mich lang noch wie im Traume.

Mit geschlossenen Augen

's ist wohl verlaufen Blut, das so
in meinen Ohren zirpt und schwirrt – –.
Mir ist, ich ging im Süden wo,
von dichten Reben überwirrt –

Vielleicht im Tal der Sarca, wo
der Fuß durch Meilen Weinland irrt
und Grillenvolks Unisono
aus hundert Gärten silbern sirrt.

Vormittag am Strand

Es war ein solcher Vormittag,
wo man die Fische singen hörte;
kein Lüftchen lief, kein Stimmchen störte,
kein Wellchen wölbte sich zum Schlag.

Nur sie, die Fische, brachen leis
der weit und breiten Stille Siegel
und sangen millionenweis
dicht unter dem durchsonnten Spiegel.

Vormittag-Skizzenbuch

I

Ein Pferd auf einer großen Wiese
in der Morgensonne stehend, –
nur die Ohren

und den langen vollen Schweif bewegend, –
drunter ein breiter schwarzer Strich,
sein Schatten.

II

Wie sich der Weg hier
den Hügel hinabwirft –
dann sich ein Weilchen verschnauft –
dann wieder
langsam,
bedächtig,
den nächsten hinaufsteigt!

III

O du glückselig zitternd Espengrün
vorm wasserblauen Firmament –
und ihr daneben, feierliche Fichten,
der Zweige schwere dunkle Zotteln
kaum bewegend!

IV

Ein Schmetterling fliegt über mir.
Süße Seele, wo fliegst du hin? –
Von Blume zu Blume –
von Stern zu Stern –!
Der Sonne zu.

V

Vögel im Wald – –

Niemand nennt sie,
niemand kennt sie.

Was das wohl so erleben mag
den lieben langen Tag!

Da geh ich unter ihnen hin
mit Bärenschritt und Bärensinn – –

Ja, wenn ich noch ein Mädchen wär –!

Vögel im Wald – –

VI

Auf den Höfen ringsum
läutet es Mittag.
Läutet's auch Mittag –
in mir? ...

Ich seh eine Glockenblume
neben mir blauen:
mit neun offnen Glocken
und drei noch verschloßnen.

Die läute für mich mit,
nun, da es rings
auf den Höfen
den Mittag läutet.

Abend-Skizzenbuch

I

Leuchtroter Berberitzenstrauch
hängt sonnenbraunen Fels herab,
an dessen Fuß, ein blauer Gast,
mein eigner Schatten, schauend, ruht.

II

Unio mystica

Zwei Farben nur:
Der stählern-blaue Fjord,
die nachtviolen-blauen Höhen um ihn,
und drüber
wolkenloser rosenblasser
Abendhimmel.

Erster Schnee

Der Fjord mit seinen Inseln liegt
wie eine Kreidezeichnung da;
die Wälder träumen schnee-umschmiegt,
und alles scheint so traulich nah.

So heimlich ward die ganze Welt ...
als dämpfte selbst das herbste Weh
aus stillem, tiefem Wolkenzelt
geliebter, weicher, leiser Schnee.

Waldgeist

Was ist das für ein Klagelaut
im totenstillen Winterwald –
ganz nahe bald, ganz ferne bald –
daß es mich schier ein wenig graut?

Ich bleibe stehn und horche lang –.
Ein Schweigen, tiefer als das Grab.
Und weiter setz ich meinen Stab, –
und wieder klagt die Stimme bang.

Bis ich entdecke, es ist just
mein Stock, von dem dies Singen geht,

wenn meine Hand ihn unbewußt
im feuchten Schnee der Straße dreht.

Und weiter, wie der Weg mich weist,
verfüg ich mich nach kurzer Rast
und fühle mich nun selber fast
als dieses Walds verwunschnen Geist.

Und aber ründet sich ein Kranz (1902)
(Auswahl)

Du bist mein Land,
ich deine Flut,
die sehnend dich ummeeret;
du bist der Strand,
dazu mein Blut
ohn Ende wiederkehret.

An dich geschmiegt,
mein Spiegel wiegt
das Licht der tausend Sterne;
und leise rollt
dein Muschelgold
in meine Meergrundferne.

Mond am Nachmittag

Der Mond – ein Nebelwölklein bleich
im blauen Abendsonnenreich.

Gleich einer runden Flocke Flaum
im reinen Abendätherraum.

Kein Kinder-Kupferlicht der Nacht,
ein Ball wie wir, in Tagespracht.

In heller Himmel ehrnem Schild
als wie von uns ein Spiegelbild.

Ein Wassertropfen in verschlungnen Kehren
in meiner Hand herniederlief,
zu weitrem Fall ihr zu entgleiten;
da eilt' ihn schon die Sonne zu verzehren.

So suchst du dich in deiner Handvoll Zeit
hinab, hinweg zu immer fernern Tiefen.
Da – just wann dir Entscheidung zugewogen,
trifft dich des Gottes unbarmherziger Bogen.

(Nordstrand)

I

Ihr dunklen Tanneninseln, euer denk ich oft.
Wenn so der rote Abend gleichsam aus euch wuchs, –
den Himmel überwuchs, – als hättet ihr den Tag
nun endlich ganz in euch hinein, hinab gedacht,
und kreißtet nun vom Feuer des verschlungenen
Sonnengedankens, stelltet ihn nun wieder aus euch dar,
wie Künstler ein Stück Welt, das sie in sich gesaugt, –
wie Denker eine Wahrheit, die sie bluten macht –!
Ihr dunklen Tanneninseln, euer denk ich oft.

II

Des Frühlings unbestimmte Ahnung füllt die Luft.
Tiefschmerzlich-schwärzliche Gewölke ruhen groß
am geisterblassen Firmament der Abendnacht.
Erhabner Tragik unbeschreibliche Gewalt
strömt aus des Himmels abgrundtiefer Dämmerung,
steigt aus der Berge trauerblauem Schattenschoß,
weht von der Wasser meilenweitem Wogenplan
den Menschen an, dem jeder stummgewordne Schmerz
mit unterirdischem Ruf vor diesem Blick erwacht.

III

O Trauer, die mir immer wieder, wie ein Wind,
ein allzu lauer, in die seltsame Seele greift
und dunkle Gründe, die verborgnes Eis bedeckt,
(je heitrer aber eine tiefe Seele ist,
je stärker bindet ihres Abgrunds Quellen Eis,
die sonst, entfesselt, all ihr Glück vernichteten)
mit ihrem Tränenhauch gefährlich lösend streift, –
o Trauer, weiche, weiche doch von mir; ich bin
vor deinem Tauwind Frühling, Frühling noch zu sehr!

(Molde)

IV

O diese Vormittage, trunken von Glanz und Glück!
O dieser Meeres-, Berges-, Himmelsbläuen seliges Spiel!
Wenn über des Fjordes lichtazurne Fläche so
ein leichter Wind mit violendunklen Fluten naht!
Du stehst und wartest auf dem sonnigen Dampfschiffsteg;
und wie die vorderste Welle sich am Pfeiler bricht
und dich der erste Hauch anatmet, frisch und kühl,
da trifft er auf dem glänzenden Spiegel deines Augs
verwandte Feuchte, – und du schauerst im Innersten.

V

Die schneebedeckten Gipfel rötet Abendlicht.
Die Heiterkeit der Gletscher! Keines Menschen Fuß
entweiht des Himmels kühles, reines Höh'ngeschenk,
den Blütenschnee vom Weltbaum der Erkenntnis.
Ein Regenbogen wächst von ihnen zu mir her, –
die einzige Brücke zu der grünen Welt und mir.
Und flüchtig mißt mein leichter Geist die bunte Bahn –
und salbt sich mit dem roten, reinen, kühlen Schnee ...
und schon verblaßt Rückeilendem so Luft wie Firn.

VI

Tiefsinnig blaun die Berge durch die Dämmernacht,
(im Dorf die Glocke scholl soeben zwölf)
vom wolkenvollen Himmel brütend überdrückt,
vom regungslosen Fjorde bleiern eingefaßt.
Und eine Stille! Hämmer schmieden hallend Erz, –
unzählige Glocken läuten Sturm, – Gesang
erfüllt die Lüfte, – Unterweltliches reckt sich dumpf, –
ein Ringen wie von Schatten wälzt sich durch den Raum, –
und aus der Ferne klagt ein langgezogener Ton – – –

VII

Schon graut der Tag. Und ist noch Mitternacht.
Die Meisen zwitschern schon im erwartungsvollen Wald.
Die Tannen atmen stärker in der kühlern Luft.
Die kleinen Quellen schwatzen schon, geschäftig wach.
(Ganz anders redet solch ein Quell in *dunkler* Nacht.)
Und von des Berges Gipfel, dem der Osten schon
sich rötet, kommt ein Wandrer durch den Wald herab
und singt des Lands schwermütige Lieder vor sich hin, –
und Tränen stürzen ihm ins Aug, indes er singt.

VIII
Bei einer Weise von Grieg

Schwill, süße, bittre Klage, in des Abendwindes
sehnsüchtig Atmen hinüber, hebt euch beide so
zum roten Gewölk, die Geisterschwingen noch einmal
in Sonne tauchend, sterbende Schwäne der Dämmerung,
mit Götterstimmen die tiefe flammende Unendlichkeit,
den ewigen Morgen der Geburten singend, – und,
die purpurschweren Fittige dann mit einem Mal
sinken lassend, – Sonnengold im gebrochenen Aug, –
stürzt nieder in den violetten Schattenschoß der Nacht!

Wer seine Sehnsucht so wie einen dritten Gaul
vor seinen Lebenskarren schirren könnte, – traun,
er wäre gut bedient! Das leichte Flügelpferd
erhöb ihn zu des Sonnengotts Gefährten selbst.
Wenn er nur dann wie jener Jüngling Phaeton
nicht allzu stürmisch führe, Himmel und Erde blind
verachtend, seines Feuerrosses Herr nicht mehr,
sein Opfer, willen-, ziellos durch den Raum geschleift,
unähnlich ganz dem herrngeborenen Gott des Lichts!

O Schicksal, Schicksal, Schicksal, warum gabst du mir
den Griffel statt des angestammten Stiftes, lässest
mich darben mitten im verschwenderischsten Überfluß!
O Schicksal, nimm den Kelch der Bilder von mir, nimm
der Väter Schöpfersinn, mit neuer Phantasie vermählt,
aus diesem Herzen, allzu großer Träume voll,
als daß es in Ergebung schweigen könnte, – nimm
die Qual mir, unter einer schaffensohnmächtigen Welt,
ein Seher ungeborner Welten, stammelnd einherzugehn!

Vor einer Büste Schopenhauers

Ein großes Antlitz ist wie eine Flamme, die
grell und gewaltig aufsteht aus dem ungewissen Schein
irrlichternder Erdgeister und mit einem Mal
den ganzen Schwarm zu Schatten und Gespenstern macht,
den falschen Tag in riesenhafter Lohe Grimm
entlarvend, daß, wohin wir blicken, unser Aug,
der rechten Sonne trunken, nichts als Dämmerung
mehr unterscheidet, grauer, blasser Schemen Spiel, –
und eine Sehnsucht, übermächtig, uns erfaßt ...

Das Unerträglichste, was es auf Erden gibt,
das ist die billige Weisheit des schnell fertigen Munds,
das ist der von sich selbst höchst überzeugte Witz,
das selbstgefällige Klappern hohlen Menschenhirns; –
wo eins nur möglich ist für den, der denkend ward:
sich in des Schweigens Mantel einzuhüllen, wie
von Frost gepackt, vom Schüttelfrost der Scham,
und in den tiefsten Bergen sich zu vereinsamen,
wo Pöbel Optimist ein unbekanntes Gelächter ist.

Den stehngebliebnen Zeiger meiner kleinen Uhr,
die mir am Morgen heute nicht wie sonst erklang,
bewegt mein Finger Stund um Stunde vor, bis er
des Zeitenrades Stundenspeiche wieder naht.
Doch wie ich so des Weisers schwache Gegenwehr
in raschen Runden überwinde, – fällt das Bild
so spielend überkreister Zeit mich rächend an –:
Acht Stunden Werden ahnen sich mir grausend auf ...
Und wie ein Frevler senk ich die leichtfertige Hand.

Nietzsche

I

Begreife dieses Schicksal, junges Herz, –
beinahe lieber noch: begreif es nicht!
Denn wenn du es begriffst, dich ließe Scham
vielleicht nicht weiter leben, – und du hast
so liebe Augen, – nein, begreif es nie;
nur ahn es, ahn es, wenn du still einmal
an Menschengröß' und -schicksal schauernd denkst
und dir gelobst, in deiner guten Brust,
ein Bildner deiner selbst zu sein wie Er.

II

Vor einem Flußbett stand ich, das den Berg, vereist,
hinuntersank, und lauscht', ergriffen hingewandt,
des Felsgewässers unterirdischem Geroll,
das dort, unsichtbar, mächtig murmelnd, seine Bahn
zur Tiefe zog ... ein Bild von dir mir, hoher Geist,
der du, verschüttet in winterkalte Einsamkeit,
Verborgenheit, Vergessenheit, den stürmenden Gang,
den eingebornen, deines Schicksals ruhlos wallst,
den unbekümmerten, der nur nach seiner Tiefe strebt.

Welch ein Schweigen, welch ein Frieden
in dem stillen Alpentale.
Laute Welt ruht abgeschieden.
Silbern schwankt des Mondes Schale.

Von den Wiesen strömt ein Düften.
Aus den Wäldern lugt das Dunkel.
Brausend aus geheimen Klüften
bricht der Bäche fahl Gefunkel.

Überm Saum der letzten Bäume
weiße Wände stehn und steigen
in die blauen Sternenräume.
Welch ein Frieden, welch ein Schweigen!

Inmitten dessen, was wir uns erzählten,
mit einem Mal ein Stocken ohne Grund,
drin unsre Wesen schweigend sich erwählten.

Und dann, im selben Satze – nach Sekunden,
in denen wir uns innerlichst vermählt, –
ein Weiterplaudern, leicht und ungebunden.

Septembertag

Dies ist des Herbstes leidvoll süße Klarheit,
die dich befreit, zugleich sie dich bedrängt;
wenn das kristallene Gewand der Wahrheit
sein kühler Geist um Wald und Berge hängt.

Dies ist des Herbstes leidvoll süße Klarheit …

Erster Schnee

Aus silbergrauen Gründen tritt
ein schlankes Reh
im winterlichen Wald
und prüft vorsichtig, Schritt für Schritt,
den reinen, kühlen, frischgefallnen Schnee.

Und Deiner denk ich, zierlichste Gestalt.

O Seele, Seele mit dem beweglichen Spiegel du,
dem allzu beweglichen, preisgegeben jedem Hauch,
der mit dir spielt, wie schmerzest du mich oft, daß ich
entfliehen möchte, blind hinstürzend irgendwo,
nur des gedenk, wie ich des Unbehagens Alp,
den marternden abschüttelte, um jeden Preis,
und wär's um den des Lebens; Seele, mit welcher Not
du mich die Zärten zahlen lässest, die du mir,
wenn dich ein Glück berührt, durch jede Vene strömst!

O, wer sie halten könnte, die hellen Gedanken, die,
in Morgenstunden oder wann die Sonne sich neigt,
wie lichte Schwäne durch den Wellenplan
der Seele ziehn, Verheißungen des höchsten Glücks,
in ihrer edlen Bildung Offenbarungen
von einer Schönheit, die du nie, o nie, verwirklichen wirst!
O, wer sie halten könnte, die hellen Gedanken, die,
in Morgenstunden oder wann die Sonne sich neigt,
wie Schwäne durch den blauen See der Seele ziehn ...

GEDICHTE DER EINKEHR

Melancholie (1906)

Dem Andenken meines Großvaters Christian Morgenstern

I

Zeit und Ewigkeit

Auf den Schwingen des Windes
die Stimme des Bachs …
Der Wellen Gespräch
auf dem Atem der Nacht …

Mein kleiner Wecker tickt dazu …

O Zeit und Ewigkeit!

Im Tal von Arosa

O Stern der Klarheit, mir vor allen fern,
des Berges Sattel, ein Demant, durchfunkelnd,
das dunkle Tal nur immer mehr verdunkelnd;
du meiner Abende geliebter Stern!

Ein Durst erfaßt mich, da ich dich erblicke,
ein Durst, wie nach kristallnem Naß, nach Dir.
Wie bist du hell und kühl! Wie zeigst du mir,
was nie mir ward vom dumpferen Geschicke.

Und immer mehr des Dunkels bricht herein,
den kurzen Tag mit Schatten zu verschütten;
und hell erschimmern mehr und mehr der Hütten.
O Herz, genüge dir: Dies Licht ist Dein.

Nachts im Wald

Bist du nie des Nachts durch Wald gegangen,
wo du deinen eignen Fuß nicht sahst?
Doch ein Wissen überwand dein Bangen:
Dich führt der Weg.

Hält dich Leid und Trübsal nie umfangen,
daß du zitterst, welchem Ziel du nahst?
Doch ein Wissen übermannt dein Bangen:
Dich führt dein Weg.

Für S. R.

Abend im Gebirge

Über dumpfen Wäldermassen
baden steile erdenferne
Höhen sich im rosenblassen
Firmament der ersten Sterne.

Tageshelle will nicht scheiden,
ehe nicht der letzte flimmert;
und so leuchten sie, von beiden
zwiefach feurig angeschimmert.

Bis des ehernen Geschickes
strenger Schluß den Wettstreit endet
und der Tag sich langen Blickes
von den vielgeliebten wendet.

Wie beraubt der Seele sinken
stumm die mächtigen zusammen.
Starre kalte Strahlen blinken
statt lebendiger Liebesflammen.

Der Giebel

Dunstgewölk verhängt die Sterne,
Dämmer deckt die Erde ganz.
Nur ein Giebel in der Ferne
träumt in geisterhaftem Glanz –

wie ein Haupt, das seinem Hirne
keinen Schlaf zu gönnen scheint
und auf seiner bleichen Stirne
alles Licht der Nacht vereint.

Neuschnee

Flockenflaum zum ersten Mal zu prägen
mit des Schuhs geheimnisvoller Spur,
einen ersten schmalen Pfad zu schrägen
durch des Schneefelds jungfräuliche Flur –

kindisch ist und köstlich solch Beginnen,
wenn der Wald dir um die Stirne rauscht
oder mit bestrahlten Gletscherzinnen
deine Seele leuchtende Grüße tauscht.

Erinnerung an Wolfenschießen

Ihr Wege einer gedankenvollen Einsamkeit –
wie wandelt oft mein Fuß im Traum euch wieder!
Von neuem tönen einst empfangne Lieder,
und meine Seele wird von Liebe weit.

Es eilt der Bach durch abendfeuchte Wiesen,
die Uferbüsche regt ein herber Hauch,
die Berge glühn vor goldnen Matten-Vliesen,
und drüber geistert veilchenroter Rauch.

Ich säume bis zur Nacht auf dunklem Stege,
des Tales volles Bild im Angesicht …
Dann kehr ich heim durch Hecken und Gehege
und grüße jedes Haus und jedes Licht.

Du warst mein Tal vor allen Erdentälern,
so wie dein Land mein liebster Aufenthalt.
Und nichts soll deinen Ruhm mir jemals schmälern,
du Tal von *Wolfenschießen nid dem Wald.*

Für Efraim und Fedscha Frisch

Ebenengewitter

So löst sich denn die Spannung schwer.
Erfüllt ist, was wir baten:
Vom Himmel rauscht ein breites Meer
auf durstig-dürre Saaten.

Und herrlich stürzt ein Donnerkeil
sein Siegel auf all den Segen.
O Frucht, nun reifst du wieder heil
dem hohen Herbst entgegen.

Traumwald

Des Vogels Aug verschleiert sich;
er sinkt in Schlaf auf seinem Baum.
Der Wald verwandelt sich in Traum
und wird so tief und feierlich.

Der Mond, der stille, steigt empor:
Die kleine Kehle zwitschert matt.
Im ganzen Walde schwingt kein Blatt.
Fern läutet, fern, der Sterne Chor.

Für Lene K.

Nebelweben

Der Nebelweber webt im Wald
ein weißes Hemd für sein Gemahl.
Die steht wie eine Birke schmal
in einem grauen Felsenspalt.

Im Winde schauert leis und bebt
ihr dämmergrünes Lockenlaub.
Sie läßt ihr Zittern ihm als Raub.
Der Nebelweber webt und webt …

Du schlankes Reh –

Du schlankes Reh, das du die Menschen fliehst,
bewegte dich dein Herz, wenn du mich siehst,
mich nicht zu fliehen, meinem Blick zu traun,
wie Deinesgleichen mir ins Aug zu schaun!

Ich weiß mich frei von jeder Mordbegier,
ich jage mich, mein Bruder, nicht in dir.
Du glaubst mir nicht? Ich bin dir nur ein Mann,
ein Mensch … Ach, Reh, was geht der Mensch mich an.

Nebel am Wattenmeer

Nebel, stiller Nebel über Meer und Land.
Totenstill die Watten, totenstill der Strand.
Trauer, leise Trauer deckt die Erde zu.
Seele, liebe Seele, schweig und träum auch du.

H. Biel zum Gedächtnis

II

Bezauberung

Ich ging einmal des Abends, den du kennst, den Weg,
mit einem Freund, der mir von seinen Plänen sprach.
Da ward mir seltsam: Wie ich schweigend neben ihm
und halb ihm lauschend ging im Dämmerlicht, geschah's,
daß ich mich selbst als Dich empfand, als gingest Du
in mir und lauschtest, wie ich seinem, meinem Wort …
Und leise nickt' und murmelt' ich ihm zu,
mein Augenaufschlag war der Deine, Dein mein Leib
in jeglicher Bewegung bis ins Innerste …
Und deine scheue Jungfraunseele liebte mich aus mir …

Evas Haar

Als wie ein Feld, das erstes Licht ereilt,
sind deines Hauptes wunderblonde Wellen:
Ein sanfter Morgen scheint ihr Gold zu schwellen,
darauf der Sonne Auge zögernd weilt.

Nun flammt es auf, als käm es Purpur malen, –
ist es der Mohn, der heimlich in ihm wohnt?
Doch wann der Abend naht mit kühlern Strahlen,
so ruht es wieder blaß, wie keuscher Mond.

Ein Rosenzweig

Im Süden war's. Zur Nachtzeit. Eine Gasse.
Ich trat aus deinem Haus und schloß das Tor
und wandte noch einmal den Blick empor:
da flog ein Zweig aus deinem Dachgelasse

und fiel aufs Pflaster, – daß ich rasch mich bückte
und deinen Hauch noch warm vom Munde nahm
der schweren Rosen, deren Gruß den Gram
der kurzen Trennung duftend überbrückte.

Schauder

Jetzt bist du da, dann bist du dort.
Jetzt bist du nah, dann bist du fort.
Kannst du's fassen? Und über eine Zeit
gehen wir beide die Ewigkeit
dahin – dorthin. Und was blieb? …
Komm, schließ die Augen, und hab mich lieb!

III

In der Sistina

Die Sistinische Kapelle
dröhnt von wüsten Hammerschlägen:
Männer zimmern für die Feste
eines Baldachins Gerüst.

An die zarten Farbenleiber
stößt des Lärms gemeine Welle:
Unverrückt an ihrem Werke
bleibt die hohe stumme Schar.

Nur Ezechiel schilt und eifert,
während Jeremias trauert, –
doch sie eifern, doch sie trauern
nicht ob eignen Untergangs.

Höheres erfüllt ihr Herze,
als auf niedres Volk zu achten;

noch zerfallend, noch zerbröckelnd
werden sie das Gleiche tun.

Leise rinnen Stäubchen nieder,
Mauerstäubchen, Farbenstäubchen,
bleicher wird, doch niemand merkt es,
fahler wird der Leiber Pracht.

Hundert, aberhundert Jahre
lärmt der Schwarm sein Eintagstreiben
wüst empor zum Geisterreigen,
Körnchen rinnt herab um Korn.

Doch die Hohen, unbeweglich,
leben fort ihr hohes Leben,
fern der Zeit und ihren Tücken,
überweltlich bis zum Tod.

Für M. R.

Vor den Fresken der Appartamenti Borgia

In dieser düstern Gottespracht
lebten Menschen nicht gemeiner Triebe;
hier wuchs ins Ungeheure Haß und Liebe;
hier hatte man der Welt nicht acht.

Du warst nicht mehr die Jungfrau blind,
verführerischste der Madonnen:
Du warst das Weib der höchsten Wonnen,
und süßer Sünde Frucht dein Kind.

Was galt dir noch der Jesus dort,
du ›Ewigheitrer‹ auf den Knien!
Du hattst dem ›Wort‹ nur noch die Macht entliehen,
du galtst dir selbst als letztes ›Wort‹.

Und Du, Lukrezia, weißer Schwan,
mit deinen goldnen Sonnenflechten!

Was disputierst du? Laß sie rechten!
Du lächelst, – und so ist's getan.

Und Du im Schlummer, Genius!
Warst du von denen, die nie Ohren haben?
Cäsar! Erwachtest du erst *ganz* im Graben,
im finstern, von des *Todes* Kuß?

Was ward – ihr wissenden Wände seid's gefragt! –
Himmelssturm wie Deiner zu Spott?
Er war – Geflüster schwillt und flucht und klagt –
ein Dämon nur – kein Gott.

E. Schilsky

Bei der Pyramide des Cestius

Vor einem Grabmal mit der Statue eines jungen Weibes

Ein Mädchen sitzt und zaudert wehmutvoll;
zur Linken laden – die sie wandeln soll –
die Stufen abwärts in ein ernstes Tor,
das, angelehnt, der stillen Jungfrau harrt.

Sie sträubt sich noch; sie sitzt und sinnt und starrt,
daß sie so bald den teuren Strahl verlor,
so früh der Liebe kaum erglühtes Rot;
sie faßt noch nicht das dunkle Wörtlein: tot.

Ein Vogel singt in ihren holden Gram,
die Erde winkt und lockt wie nie zuvor …
Doch in der Tiefe wartet stumm das Tor,
in dem die Form verschwindet, wie sie kam.

Für L. U.

Papstjubiläum 1903

Historische Momente nennt's die Menge
wenn über schwärzlichem Gedränge
ein toter Papst die Hände hält …
Als ob man sie nicht besser kennte,
die wirklichen ›historischen Momente‹!

Doch haben sie noch ganz die Liebe
der Weiblein und der Taschendiebe.

Welch glänzender Theatercoup!
Man hat doch ein Billett dazu?

Angelsachsen

Mit herrlichen Gefühlen
kommen sie angerennt
(und mit Klappstühlen)
zum historischen Moment.

Mönche

Ein dickes Kreuz auf dickerm Bauch.
Wer spürte nicht der Gottheit Hauch!

Man kennt sich

»Pret'chen, Pret'chen«
fleht die kleine Gierige,
»Sie haben gewiß ein Billettchen –
ich bin *ganz die Ihrige*!«

In den Kirchen

Und immer wieder winkt ein Sakristan:
»Was fliehst du, lieber Bruder, unsre Näh'?
Gestattet ist, erwünscht sogar, zu nahn –
die Kirche liebt dich – und dein Portemonnaie.«

Leo XIII.

Du bist an diesem großen Tag
ein Bild mir, alter Mann,
der Kirche, die nicht sterben *mag*
und nicht mehr leben *kann*.

Für B. C.

Fiesolaner Ritornelle

Oliven.
Erst wenn der Wind euch beugt und schaudern macht,
enthüllt ihr eure silbernen Tiefen.

Zypressen.
Ihr lehrt mit nicht gemeinem Maß
die Dinge messen.

Feigen.
So sinnlich sah ich keinen zweiten Baum
Unfaßbares umzweigen.

Käuzchenschreie.
Des Unglücks Bote ruft durch stille Nacht.
Wann kommt an uns die Reihe?

Mondnächte, klare.
In solchen Nächten stiehlt man nichts
denn Liebesware.

Nachtschatten.
Erinnerst du dich, fernes Mädchen, noch,
wie lieb wir uns einst hatten?

Judasbäume.
Daß ich vor euch nicht von verratner Liebe
träume!

Verfrühter Falter.
Du flogst, verwegner Geist, der Zeit voraus;
noch *dämmert* erst dein Alter.

Glänzende Dächer.
Im Mittagschleier ruht die Arnostadt,
ein edelsteinbesetzter Fächer.

Zwölfuhr-Schuß.
Dem Aug blitzt Mittag schon, indes das Ohr
sich noch im Vormittag gedulden muß.

Domglocke brummt:
Aus Höhn und Tiefen keine Antwort mehr:
Mein Gott, mein Mensch sind beide längst verstummt.

Ihr sanften Hügelketten!
Umsonst versuch ich in mein Buch zu schaun;
wer könnte sich vor Eurer Anmut retten!

Eidechse.
Solang ich pfeife, hältst du still und horchst –
doch greif ich zu, entwischst du, kleine Hexe.

Amsel flötet, Biene summt,
Frühling jubelt über allem Leben …
Mund des Glücks, du warst mir lang verstummt.

O Welt!
Wie gern genöß ich als ein Schauspiel dich,
von halber Höh, nur locker dir gesellt.

Von halber Höh – ein Adel, der mir paßt.
So lebt' ich immer, zwischen Tier und Gott,
halb Mensch, halb Vogel, zweier Reiche Gast.

Glanzgrauer Tag.
Aus deinem Taft soll man die Flagge machen,
darin man mich dereinst begraben mag.

Der Freund schreibt:
Des Herzens unverwandte Einsamkeit,
du fühlst sie auch – und wie sie nichts vertreibt.

Mohn im Winde.
So neigen wir uns glühend geneinander –
doch nie wird zwei zu eins – als einst im Kinde.

Epheuranke.
So reich verkleidet Trümmer und Zerfall
nur Eins noch: der Gedanke.

Die Fünfuhr-Glocke ruft durch bleiche Nacht:
Wer schläft, wach auf, und wer da wacht, schlaf ein;
so hab ich jedem, was ihm frommt, gebracht.

Morgenhauch.
Aus Bett und Haustür ziehst du mich hinaus,
wie aus der Esse den verschlafnen Rauch.

Giottos Grabschrift von Polizian.
Zwiefacher Hauch der Vorzeit traf uns voll,
als wir im Dom die stolzen Verse sahn.

In meinem Burckhardt wühlt empört der Sturm:
So war es einst, so soll es wieder sein!
Das gafft nur, schafft nicht mehr um Giottos Turm.

Kaum mehr erhoffte Tage!
Mit dreißig Jahren fand ich eine Stadt,
zu deren Bild ich ja und Amen sage.

Für L. u. Ph. Landshoff

IV

Aus einem Zyklus: Berlin

Berlin

Ich liebe dich bei Nebel und bei Nacht,
wenn deine Linien ineinander schwimmen, –
zumal bei Nacht, wenn deine Fenster glimmen
und Menschheit dein Gestein lebendig macht.

Was wüst am Tag, wird rätselvoll im Dunkel;
wie Seelenburgen stehn sie mystisch da,
die Häuserreihn mit ihrem Lichtgefunkel;
und Einheit ahnt, wer sonst nur Vielheit sah.

Der letzte Glanz erlischt in blinden Scheiben;
in seine Schachteln liegt ein Spiel geräumt;
gebändigt ruht ein ungestümes Treiben,
und heilig wird, was so voll Schicksal träumt.

Für W. L.

Junge Ehe

Er wies nichts ab in diesen Wintertagen,
er wollte gehn, wohin man immer schriebe:
Nur um ihr nachts im Wagen dann zu sagen,
wie sehr er sie, wie sehr er sie nur liebe.

Und sie zu küssen in erlöstem Jubel
im dunklen Wagen leis und ohne Ende,
und ihr zu sagen, wie nach all dem Trubel
er nur an ihr, in ihr Genügen fände.

Draußen in Friedenau

Es bläst wer in der Winterluft
zum Blut der Abendröte ...
Ein fragender Vorfrühlingsduft
mischt sich dem Klagen der Flöte.

Vor einer Schänke steht ein Kind,
ein schlankes, mit kurzen Röcken.
Es steht mit seinen Locken im Wind
wie ein erstes Frühlings-Erschrecken ...

Dahinter flammt durch Pappelreihn,
die Welt mit Schmerz durchseelend,
der tiefe himmlische Widerschein
von unendlichem Glück und Elend.

Für O. u. C. Anwand

Die Allee

Ich liebe die graden Alleen
mit ihrer stolzen Flucht.

Ich meine sie münden zu sehen
in blauer Himmelsbucht.

Ich bin sie im Flug zu Ende
und land' in der Ewigkeit.
Wie eine leise Legende
verklingt in mir die Zeit.

Mein Flügel atmet Weiten,
die Menschenkraft nicht kennt:
Groß aus Unendlichkeiten
flammt furchtbar das Firmament.

Bild aus Sehnsucht

Über weite braune Hügel
führt der Landmann seinen Pflug.
Droben mit gestrecktem Flügel
schwimmt des Adlers breiter Bug.

Fern aus Höfen unter Bäumen
zittert Rauch im Morgenglanz.
Und die fernste Ferne säumen
Wälder wie ein dunkler Kranz.

Herbstabend

Der Ofen schnauft als wie ein Hund
  im Traum.
Es fährt der Wind in seinen Schlund
  vom Raum ...

von Sternen fernen angeglüht,
  der Wind ...
Es lauscht ihm liebend mein Gemüt,
  ein Kind.

Er kommt wohl noch aus Abendluft
daher,
in seinem Mantel hängt noch Duft
vom Meer,

noch letztes Gold vom Sonnenrund
am Saum ...
Der Ofen schnauft als wie ein Hund
im Traum ...

Der Gärtner

Ich seh ihn täglich schalten
von meiner Trambahnfahrt,
den irren Tolstoi-Alten
mit weißem Haar und Bart.

Er recht mit seinem Rechen
das dürre Laub zuhauf,
er kann den Spaten stechen,
als grüb ein Grab er auf.

Er kehrt auf den Beeten den Mist um,
wann Winterfröste drohn,
er denkt an Jesum Christum,
der Erde tiefen Sohn.

Er war dereinst ein Großer
und tat der Erde weh;
jetzt ist er Gärtner bloßer
im Kurhaus Halensee.

Er steht auf seinen Spaten
gelehnt und murmelt leis;
er kann der Welt entraten,
er weiß, was niemand weiß.

Er streut den Vögeln Futter,
kennt all die Pflänzlein zart.
Die große Erdenmutter
sein Ein und Alles ward.

Er kehrt auf den Beeten den Mist um,
wann Winterfröste drohn.
Er denkt an Jesum Christum,
der Mutter tiefen Sohn.

V

Ein Gedicht Walthers von der Vogelweide

Unter der Linden,
an der Heide,
da unser zweier Bette was,
da möget ihr finden
hold sie beide
gebrochen Blumen so wie Gras.
Vor dem Walde in einem Tal
tandaradei!
lieblich sang die Nachtigall.

Ich kam gegangen
zu der Aue,
da schon mein Trauter kommen hin.
Da ward ich empfangen,
hehre Fraue,
daß ich noch immer selig bin.
Küßt er mich? Wohl tausend Stund.
tandaradei!
Seht, wie rot mir ist der Mund!

Da hat er gemachet
mir und sich

von Blumen eine Bettestatt.
Des wird noch gelachet
inniglich,
kommt jemand an den selben Pfad.
Bei den Rosen er wohl mag
tandaradei!
merken, wo das Haupt mir lag.

Daß er bei mir lag,
wüßt es einer,
(nun, behüte Gott!) so schämt ich mich.
Was er mit mir pflag –
keiner, keiner
befinde das, als er und ich,
und ein kleines Vogelein:
tandaradei!
Das mag wohl getreue sein.

VI

Vor dem Bilde meiner verstorbenen Mutter

Dieser zarte Leib hat mich geboren;
grausam drängt ich mich aus seinem Schoß,
riß mein Leben von dem seinen los,
hab ihn hinter mir in Nacht verloren.

Kehrst du nie zurück, auch nicht im Geiste?
Bist du mir gestorben ewiglich?
Und doch gab es eine Zeit: da kreiste
deines Herzens Blut durch dich *und* mich!

An P. B.-H.

Du bist ein stiller See im Hochgebirg.
Wenn klarer Himmel freundlich in dich schaut,
so ruht dein Spiegel lauter bis zum Grund.
Doch wenn ein unversehner Wind dich trifft,
so überläuft ein schmerzhaft Zittern dich,
und wie mit einem grauen Netz verhüllst
du ein in seiner Tiefe scheues Herz.

An E. S.

Du liebes junges Menschenkind,
was hast du Hände feine!
Wie meine derb daneben sind,
du Wunderliche, Reine!

Und doch riß dich das Leben schon
in seinen verwirrenden Reigen:
du bist einmal herumgeflohn –
und tratst dann zurück ins Schweigen.

Und nun die Hände aufs Herz gepreßt
seh ich dich stillhin gehen –
die feinen Hände so fest, so fest
auf dem Herzen, dem heimlich wehen.

Sie und er

Bleich in bleichen Kissen liegst du,
süßer Schwäche Bild.
Deines Leibes Pein besiegst du
durch ein Lächeln mild.

Wünschtest du die Schuld der Herzen
ungeschehen, sprich?

Doch du lächelst unter Schmerzen:
Nein – ich liebe dich.

Für F. u. E.

Reinheit ...

Weißt du, was Reinheit ist? So sieh den Abendstern
hoch über blassen Wolken glänzen, still und klar.
So glänzt auch unser armer Erdenball vielleicht
nach einem fernen Stern, und dort erhebt ein Mensch,
wie hier, den Blick und fragt: Weißt du, was Reinheit ist?
Und eine Frauenstimme sagt vielleicht zu ihm:
Du meinst den Abendstern da droben, still und klar?
Dort muß es wohnen, dort, das Glück, das wahre Glück!
Und feucht wird Beider Aug. – Weißt du, wo Reinheit wohnt...

Für A. K.

Die Primeln blühn und grüßen –

»Die Primeln blühn und grüßen
so lieblich mir zu Füßen,
die Amsel singt so laut.
Die Sonne scheint so helle –
nur ich weiß eine Stelle,
dahin kein Himmel blaut.«

– Feins Kind, mußt nicht so sagen!
Es bringt der Himmelswagen
auch deiner Brust den Tag.
Es wird auch deine Seele
der lieben Vogelkehle
gleichtun mit lautem Schlag.

»Die Primeln blühn und grüßen
so lieblich mir zu Füßen,

die Amsel singt so laut.
Die Sonne scheint so helle –.
Mein freundlicher Geselle,
mir ward viel Leid vertraut.«

Für L. D.

Wein und Waffe

Verzicht, das ist der Wein, das ist die Waffe.
Von diesem Safte wirst du stark und still,
und wenn dein Wunsch sich nicht ergeben will,
sieh zu, daß dir dies Schwert den Frieden schaffe.

Mit diesem Wein im Kruge lebst du gut.
Mit dieser Waffe wirst du mächtig sein.
Verzicht – so sticht ein Stahl ins Herz hinein.
Verzicht – so löst den Krampf der Rebe Blut.

Goethe

Nur eine Seite deiner teuren Werke –
und schöner wird mein Wesen wie von Licht.
Du strahlst mich an. Wo blieb die eigne Stärke,
du, mir zugleich Erfüllung und Gericht?

Wie kann der Lebende vor dir bestehen?
Und über Wolken wandelt Antwort her:
Du bist von denen, die doch immer *gehen.*
Geh weiter denn, kein Sterblicher kann mehr.

Tolstoi

Zu ganz Europen furchtlos redest du,
erzürnter Greis, und machst das stolze klein.
Wer wagt wie du so nackte Worte sonst?

Wem strömt so eines Lebens ganze Kraft
in alles, was er spricht, daß ehrfurchtsvoll
der Gegner selbst bezwungen steht, gedenk
der eignen Schwäche vor so herbem Ernst?
Wer unter Lebenden ist heut wie du
so großen Zorns, so großer Liebe voll!

Für viele

Wieviel Schönheit ist auf Erden
unscheinbar verstreut;
möcht ich immer mehr des inne werden;
wieviel Schönheit, die den Taglärm scheut,
in bescheidnen alt und jungen Herzen!
Ist es auch ein Duft von Blumen nur,
macht es holder doch der Erde Flur,
wie ein Lächeln unter vielen Schmerzen.

VII

Schlummer

Dies Eine laß mir, dunkler Geist der Nacht,
dies Eine laß mir: Schlummer bis zum Ende, –
wann müd ich mich von Tag und Menschen wende,
traumlosen Schlummer, der vergessen macht.

Des Lebens Tag ist spielend überwunden;
doch wenn das Grauen aus dem Schweigen tritt
der fürchterlichen zweiten, dritten Stunden,
dann fühl ich, daß ich stets vergeblich stritt.

Es stürzt der Ungewißheit Übermacht
mein Herz in Angst und Zweifel ohne Ende ...
O wenn ich mich von Tag und Menschen wende,
so laß mich schlafen, dunkler Geist der Nacht!

Schweigen

O Schweigen, Schweigen, komm, du letzter Schluß,
da mitzuteilen Haß nur weckt und Fehde.
Ergreif an ihrer Wurzel meine Rede,
laß einwärts sprossen, was denn sprossen muß.

Ich will dich tragen, wohin niemand kommt,
in Wälder, wo nur Tiere uns erfahren, –
bis du vielleicht nach vielen, vielen Jahren
das Wort mir schenkst, das mir und andern frommt.

Dann laß mich noch einmal vor Menschen stehn
und ihnen dieses eine Tiefste sagen –
und dich dann wieder in die Wälder tragen
und wie ein Wild dort fallen und vergehn.

Gebet

Dich ruf ich, Schmerz; mit aller deiner Macht
triff dieses Herz, daß es gemartert werde
und, das ich bin, dies Häuflein arme Erde,
emporhält aus der allgemeinen Nacht.

Dich ruf ich, Menschenfreund der besten Art;
mißtraue nicht, daß ich dich je verkennte;
du Schmerz, durch den uns wohl das Größte ward,
was Menschenwert von Gott und Tiere trennte.

Dich ruf ich; gib mir deinen bittern Krug;
und siehst du mich auch bang mich von ihm wenden; –
da mir das Glück allein nicht Kraft *genug*,
so hilf denn du mein Tagwerk mir *vollenden*.

Das Licht

In deine Flamme schau ich, Kerzenlicht,
die wie ein Schwert die Finsternis durchbohrt.
Hab Dank, du schonest auch den Schatten nicht,
der meinen schlafgemiednen Sinn umflort.

Ich nähre mich an deiner ruhigen Kraft,
du Bild der Seele, die das Dunkel trennt
und ihres Leibes erdenschweren Schaft
gleich einer Fackel in den Raum verbrennt.

Unheimliche Zeitung

Der Pfünder Gedröhn,
der Flinten Alarm,
das Schrein und Gestöhn,
die Wut und der Harm –

der Sturm und die Flucht,
die Hügel voll Qual
der köstlichen Frucht,
der Dörfer Fanal –

der Mensch als Held
und der Mensch als Tier –
in Lettern gestellt
auf ein Blatt Papier.

Immer wieder

In allen tiefen Stunden mußt du's empfinden:
Es gibt nur Ein Mittel: Gewalt.
Und würdest du tausend Jahre alt, –
nie wird der Mensch allein sich überwinden.

Du mußt ihn an das Rad der Zukunft *binden,*
an *deines* Willens Rad, dafür's kein: halt!
als deines Willens: halt! gibt; glühend-kalt
mußt du dein Volk zu seiner Größe – schinden.

Befiehl! Nur daß du immer groß befiehlst, –
sonst ist dein Reich auf Einen Schlag verloren
und dich verbrennt der Reif, nach dem du schielst.

Befiehl! Laß sich erheben, was geboren,
wag's Gott zu sein, mach's wahr, wonach du zielst,
geliebt vom Edlen und beknirscht vom Toren.

Einer Jugendfreundin

Zum Abschied von Europa

Du warst ein reines Licht an meinem Wege,
ein Licht, darauf dem Auge wohl zu ruhn.
Und wer dir nahte, pries dein helles Tun,
und manch ein Herz genas in deiner Pflege.

Die Gottheit, der dein Wesen ganz zu eigen,
zu Leben ward sie dir aus leerem Klang;
in deiner Seele wurde zu Gesang,
was andre ehren als das große Schweigen.

Du bliebst ein Weib, geschaffen nicht, zu treten
in einen Kampf, den Männer kaum bestehn,
ein Weib, so schön in seinem Trieb zu sehn,
zu lieben und in Liebe anzubeten.

Das deutsche Pfarrhaus, eine stille Quelle
des Besten und der Besten unsrer Welt,
sein Geist ist dein. Von seinem Glanz erhellt,
erfandst du dir zuletzt die eigne Helle.

Du teures Licht, mir einst so nahe, –
daß dir des Sturmes Fittich gnädig sei!
Daß erst, wenn du dich selbst gibst freudig frei,
dein Gott dich von dir selbst zurück empfahe!

Verantwortung

Du machst es dir noch leicht.
Du tust Verzicht
und gibst der Welt
dann Trauer zum Entgelt:
sie muß es büßen,
was du nicht erreicht.

Verzicht und traure,
aber klage nicht;
dein Schmerz durchschaure
Leben und Gedicht, –
doch bau er sie nicht auf!
Das fall dem Geiste zu,
der über Schmerz und Lust
dein tiefstes Du.

Genug oft

Genug oft, daß zwei Menschen sich berühren,
– nicht leiblich, geistig nur – daß sie sich ›*sehn*‹,
daß sie sich einmal gegenüberstehn –
um sich danach vielleicht auf immer zu verlieren.

Genug oft, daß ein Lächeln Zweier Seelen
vermählt – o nicht vermählt! nur dies: sie führt,
so vor einander schweigend und erschüttert,
daß ihnen alle Wort' und Wünsche fehlen,
und jede, unaussprechlich angerührt,
nur tief vom Zittern der verwandten zittert.

Was willst du Liebe denn –

– »Was willst du Liebe denn,
wenn
du ein Mensch? –«
Ja, höhnt nur, höhnt!
Kein Hohn versöhnt
mit dem Unheilbaren:
daß wir ›Unteilbaren‹
im Ernst
un-teilbar sind
bis in den Tod.

Dunkler Tropfe –

Dunkler Tropfe,
der mir heut in den Becher fiel,
in den Becher des Lebens,
dunkler Tropfe Tod –

Willst du den klaren Wein mir trüben –
soll ich mich an ihm *müde* trinken –
müde – müde – vom Leben *fort*?

Dunkler Tropfe,
der mir heut in den Becher fiel,
in den Becher der Freude,
dunkler Tropfe Tod …

Non veder non sentir m'è gran ventura …

Geschlossenen Auges laß mich gehn,
mein Schicksal,
bis der Tag vorüber,
der trüb und trüber
sich umzieht.

Nicht sehn,
nicht hören!
Wie die Maske sieht
aus leeren Löchern
und den Wogenschwall
die Muschel fängt,
nur so noch laß mein Leben sein,
indes
die Seele tief in Schlummer liegen mag,
bis sie ein beßrer Tag
zu neuem Blühen
drängt.

Durch manchen Herbst

Durch manchen Herbst des Leidens
mußt du, Herz,
eh dich die letzte goldne Sichel mäht.
Schon späht
ihr blankes Erz
nach deinem dunklen Blut.
Wie bald, so ruht,
verströmend Gold,
es, Abendröten gleich
in jenem Reich
des Ewigen Abends,
welcher Friede heißt!
O süßer Geist
der Nächte,
sei mir hold!

Sprüche

Henrik dem Dreizehnten

Ich riß des Herzens Furchen auf:
Da säten Wind und Sonnenschein
ihr Korn hinein;
da schoß es auf
aus rotem Grund
und wuchs mit zuckendem Purpurmund
zum Licht hinauf.

Für F. u. M. Beblo

Alles Leben steht auf Messers Schneide.
Gleite aus und du ertrinkst in Leide.

Dulde, trage.
Bessere Tage
werden kommen.
Alles muß frommen
denen, die fest sind.
Herz, altes Kind,
dulde, trage.

Gib, gib und immer wieder gib der Welt,
und laß sie, was sie mag, dir wiedergeben;
tu alles für, erwarte nichts vom Leben, –
genug, gibt es sich selbst dir zum Entgelt.

Worte

Worte sind wie Rettungsringe,
die dem Leben dienen;
auf den tiefen Grund der Dinge
kommst du schwer mit ihnen.

Wachsende Unsicherheit

Ich geh wie auf dem Meer in Dunkels Schoß,
ein jeder Schritt ist schwankend wie auf Tod …
Doch immer wieder hält in höchster Not
den zagen Fuß ein unsichtbares Floß.

Lehre

Der kann von Liebe nicht reden,
dem sie nimmer Verlust und Gewinn war –
dem sie nie irgendwann der Sinn war
von allem und jedem.

In so vielem

Wie hat man oft im tiefsten Mark
gefühlt: nein, nein und aber nein!
Aber das Leben ist so stark,
es reißt einen immer wieder hinein.

Γνωϑι σεαυτον

Kein Brunnen ist so tief wie du;
und schöpfst du aus dich bis zum Grund,
so wird dir mehr vom Menschen kund,
als trüg dich Ahasveri Schuh.

Dankbarkeit und Liebe

Dankbarkeit und Liebe sind Geschwister.
Dankbarkeit ist Liebe, mild doch stet.
Wer ein Liebender durchs Leben geht,
auch ein Dankender für alles ist er.

O Freunde, liebt mich nicht,
niemals den, der ich *bin;*
doch was ich *werden* möchte,
das, das liebt an mir!

Für F. K.

Ewiges Einerlei

Was längst beantwortet ist
oder längst zu beantworten wäre,
das wird noch immer gefragt,
das frißt noch immer Gehirn.

Wer alles ernst nimmt, was Menschen sagen,
darf sich nicht über Menschen beklagen.
Alles Reden ist meist nur Gered.
Weiß man erst, was dahinter steht,
läßt man's klappern wie die Mühlen am Bach
und geht stillfein in sein eigen Gemach.

Verwunderung

Hier stand einst eine Bank. Wer nahm sie fort?
Hier saß einmal ein Mensch. Wo ging er hin?
Was stehst du, fremder Mann, am fremden Ort …
Verwunderlich, daß ich noch immer ›bin‹.

Tragikomödie des Phantasten

Ich schnelle meinen Zollstock mit der Hand –
und halbe Welt entwächst dem dürren Sparren.
Ich schnelle meinen Zollstock mit der Hand –
und ihr, was seht ihr? Nichts plus einen Narren.

Für E. C.

O ihr, an so viel ›letztem Wissen‹ Leidenden,
wie seid ihr oft instinktlos im Entscheidenden!

Die Sonne grübelt nicht, warum sie scheine.
Sie scheint. Ihr Leben, Künstler, sei das Deine.

Schule

I

Das Erste, was ich sah, war Heuchelei.
Ein Lehrer faltete die fetten Hände
und sprach ein weinerlich Gebet dabei.

II

Und lieber Gott und aber lieber Gott.
Ich fühlte, fromm, mir Seligkeit verbrieft.
Dann kam der Sturz. Der wilde Schmerz und Spott.
Und doch. Was tat's. Selbst Ihr habt mich – vertieft.

III

Aus reifem Leben nun zurückgewendet:
Zu keinem Haß mehr fühl ich mich beherzt.
Kein Fluch mehr, einem Teil der Welt gespendet!
Das Ganze ist's, das Ganze, was heut schmerzt.

Es martert dich,
daß wir Menschen gleich fraglich sind,
ob wir lachen oder weinen.
Mein Freund, du mußt beiseite gehn,
nur selten einem ins Antlitz sehn,
sonst wirst du uns stets verneinen.

Die Lösung ist – so sieh doch hin:
Wer entdeckte doch erst des Menschen Sinn?
Begreif's – und du erträgst die Herde:
›Der Übermensch *sei* der Sinn der Erde!‹

Nietzsche

Wen er nicht einmal zu Tode beschämt,
wen er nicht einmal zu Tode gelähmt,
hat nie auch nur im Traum geahnt,
was für ein Geist da fragt und mahnt.

Ja, gib der Welt nur Wein und Brot,
doch sieh nicht hin, wen du gespeist.
Bei dem und jenem wird's wohl Geist,
doch bei zu vielen nichts als – Kot.

Suprema lex

Fürchte nie, zu überraschen.
Das ›harmonische Gesetz‹
ist ein Netz mit güldnen Maschen.
Du sei wider jedes Netz.

Denn allein das einzig Deine,
deines Wesens letzter Schluß,
ist das unersetzlich Eine,
was ich von dir fordern muß.

Jenachdem

Kein Täter fragt im Ernstfall nach Gesetzen.
Die strengste Satzung ist nur Konvention.
Und heilig ist allein der große Hohn,
mit dem Befugte ›Heiligstes‹ verletzen.

Ein andres ist, Gesetze willig achten.
Der Freiste wird vielleicht der Strengste sein.
Er fügt sich gütig in ein Ganzes ein; –
(man kann die Welt auch bürgerlich betrachten).

Vom neuen Reich

Was auch der Lober Schar anstellt:
Dies Reich ist nicht von unsrer Welt.

Wozu, so fragt man sich, Reich, Wohlstand, Macht,
wenn alles das die Menschen nur *verflacht.*

Zu Russischem und Weiterem

Erfahr ich, wie Mitchristen sich gebärden,
möcht ich aus Scham und Ingrimm Jude werden.
Noch mehr! Wie's Jude, Christ und Heide treiben,
verwehrt mir fast, noch länger Mensch zu bleiben.

Allen Knechtschaffenen

An alle Himmel schreib ich's an,
die diesen Ball umspannen:
Nicht der Tyrann ist ein schimpflicher Mann,
aber der Knecht des Tyrannen.

Freiheit

Freiheit ist kein käuflich Gericht;
man hat sie oder man hat sie nicht.
Und wer sie hat, wer wirklich ›frei‹,
hat noch ein kleines Lächeln dabei.

Gelehrte

Müßt ihr euch immer prügeln,
wenn ihr aufs Forum wandelt,
könnt ihr euch nicht beflügeln,
wenn ihr von Großem handelt?

Moderne Ästheten

Näscher hier und Näscher dort,
jeder Stimmung Töpfegucker,
bleibt von unserm Werke fort,
klaubt und klebt an eurem Zucker!

Ein Münzen-Bild für Psychologengaben:
Man muß die Menschen wechseln können
und noch Überschuß haben.

Einen Einzelnen abschätzen heißt schon lügen.
Wer ist denn der Einzelne! Eine Fiktion.
Ein Wort in einem Riesensermon,
den wir nicht fassen trotz allen Flügen.

Hirn als Mechanismus
erklärt nur das Werk;
des Werks Selbstbemerk
kein Katechismus.

Wie süß ist alles erste Kennenlernen!
Du lebst so lange nur, als du entdeckst.
Doch sei getrost: Unendlich ist der Text,
und seine Melodie gesetzt aus – Sternen.

Walther von der Vogelweide

Ich mußte dir als reifer Mensch begegnen,
um dich als köstlichen Gewinn zu segnen.
O Walter, einem Lied wie ›Unter den Linden‹
ist wohl in weiter Welt nichts gleich zu finden.

An Dostojewski

Du tiefer Wegeweiser, warte mein.
Das Buch, indem ich einst mich selbst will schreiben,
es ist schon heut, noch ungeboren, Dein.
Hilf mir, bis es am Licht, am Leben bleiben.

Zum täglichen Leben

Harmlosigkeit – wie atm' ich gern darin!
›Intelligent‹ und ›heiter‹ sind die Worte,
die geben mir den frohsten Klang und Sinn.
Beglückt das Haus, hoch über dessen Pforte
sie glänzen!

Für O. R.

Schach, das königliche Spiel

Du bist nicht nur ein Spiel, von Leben schwer,
du bist sein Kampf selbst, formuliert als Spiel.
In dir erflog der Geist den großen Stil. Noch mehr:
Du bist des Geistes großer Stil.

A. Kündig zum Gedächtnis

In Wald und Welt

Lebendige Wesen schreitend aufzuscheuchen,
will Lust im Wald wie in der Welt mich deuchen.
Ein herrlich Wort aus Nietzsches hartem Lachen:
»Das Individuum unbehaglich machen«.

Dem Wald bei Birkenwerder

Ein ander Mal

Drei Rehe stehn wie eine Gruppe starr –
wird er vorübergehn, der fremde Narr?
Er wird vorübergehn, liebreizend Bild;
er ist ein Jäger nur auf Seelenwild.

Der Specht

Wie ward dir, kleiner Specht, so große Kraft!
Von deinem Klopfen tönt der ganze Schaft
der hohen Kiefer. Wär auch mir vergönnt,
daß ich den Menschen so durchklingen könnt!

Einkehr (1910)

Dem Andenken meiner Mutter

Du bist in jedem Augenblicke neu;
drum sei dem Alten nicht zu knechtisch treu.
Und war dein Herz bis heut wie Kohle schwarz –
du hast die Macht: und es wird weiß wie Quarz.

I

Im Hochgebirge

Die Menschen klein, den *Menschen groß*
vom Felsen hoch zu sehn, so lieb ich's mir:
das sprießt und wimmelt aus der Erde Schoß –
und mächtig ringt das Ich sich aus dem Wir.

Junges Mädchen in den Bergen

Die Nebel hangen tief ins Tal herein …
»Ich weiß nicht, was ich bin und was ich soll …
Ich bin so jungen, drängenden Lebens voll …
O Leben, komm, ich will dein eigen sein.

O Leben, Leben, laß mich nicht allein!
Dies Herz hier ist bereit zu jeder Last:
Gib mir das Schicksal, das du für mich hast!«
Die Nebel hangen tief ins Tal herein …

Raumschwindelgefühl

Euch engen Berge ein –
Mir zeigt ihr scharfer Saum
nur um so grausiger
den grenzenlosen Raum.

Wie einer Schleuder Kelch
den flugbereiten Stein,
so engt *mich* des Gebirgs
verwünschter Sattel ein.

Notschrei

Laß mich, Berg, mich an dich klammern,
werde, Berg, mir nicht zum Hügel,
laß dich, Berg, mein Elend jammern!
Meines Geists entschwerte Flügel

reißen mich aus deinen Toren
in den Raum hinaus – – und zeigen
mir den Ball in grausem Schweigen
im Unendlichen verloren …

Am Quell

Rausche hinter mir, mein Quell,
weil ich in den Himmel schaue;
plaudre, plaudre, mein Gesell,
doppelt von der Erdenaue,
daß sie fester mich umfängt,
da Unendlichkeit mich drängt.

Halte mich mit deiner Stimme
an der Erdenmutter treu,
daß der Raum umsonst ergrimme,
daß ein Mensch so sonder Scheu
mit versucherischem Geist
ihn in seine Seele reißt.

Schütze mich vor Sturz und Fall,
Wiesenader, Erdgeschwister;
wie ein Reifen von Kristall

schling dich um den Fortsichlister
Geist: der sonst, zu schwach umschürzt,
sich und mich in Abgrund stürzt.

Gewitteranfang

Erste große Perlen fallen
wie aus grober Siebe Augen ...

Hell des Daches Bleche knallen,
Fels und Straße sprühn und saugen ...

Laut betupft es Laub und Matten ...
Sind es Tropfen, sind es Schloßen?

Da zerreißt ein Blitz die Schatten –
Und der Regen kommt geschossen.

Der Wildbach

I

Gespenstisch, – wie der Bach den Schutt der Muhre,
dem Berg entwühlt von Wetterwolkengüssen,
ununterbrochen, eine Donnerfuhre,
talab wälzt nach der Ebne breiten Flüssen!

Das mahlt, als schössen Schädel toter Trolle
im Schoß der Flut vertrackte Purzelböcke,
als schlurfte Knochenwust zermalmter Nöcke
der Grube zu mit schotterndem Gerolle.

Mir wird, da ich am Brückenbalken lehne,
wie einem selbst Zermalmten und Entmannten,
mich stößt der dumpfe Tanz in jeder Sehne,
der Totentanz zerschmetterter Giganten.

II

Des Baches zügellosen Ansturm seh ich
sich zornaufschäumend am Granitblock brechen,
und wie betäubt und staunend steh ich:
War auch so unverwandt – Mein Widersprechen?

Mein Widersprechen all der Zeitgedanken,
die wie ein wilder Schwall den Geist bestürmen?
Erwehrt' ich mich so wacker ihrer Pranken
und auch so schlicht im mich-dawider-Türmen?

III

Die kleinen Steine springen wie die Fische,
der angeschwemmten Sandbank wirr entstrudelt,
und sammeln abwärts sich um neue Tische
und werden auch von dort hinweggesprudelt.

Bis endlich all die ruhelos Gerollten
sich drunten lagern im verzweigten Bette –
Und wieder gilt, was gestern hat gegolten:
Der Flut die Ferne und dem Stein die Stätte.

Auf einem verfallenen Kirchhof

Was gehst du, armer bleicher Kopf, mich an –
Es ist kein Grund, um Lebensform zu trauern.
Den Gott wird über seine Tiefe schauern,
doch – reut ein Meer die Welle, die zerrann? ...

Ich will dir eine kleine Krone malen,
mein Bruder Tor, um deine kahle Stirn:
Auch du in Lebensnot und Todesqualen
warst Gottes Aug, wie ich, und Gottes Hirn.

Versuchung

Ich stand an einem Abgrund still
und sah hinab und sprach mich an: –
Hinab, Unsterblicher, wohlan!
Es kostet dich nur ein ›Ich will‹.

Gott schläft hier ein, Gott wacht dort auf, –
so sprachst du selbst. Wohlan! schlaf ein!
Nicht einen Nu erlischt dein Sein,
denn Form nur gibst du in den Kauf ...

– Mein Tagwerk ist noch nicht vollbracht.
Wer an der Schale sich vergreift,
bevor sie ihren Kern gereift, –
er schläft zu früh ein – und erwacht –
zu spät.

Mittag

Tage gibt es, da des Mittags Bläue
übermild um braune Berge zittert
und in unaussprechlich linder Läue
sie wie Himmelsliebesrausch umwittert.

Ja, wie Liebe bricht es aus den Räumen,
und nur noch aus Frauenaugensternen
kannst du dies aus fast zu seligen Träumen
hergesunkene Gottesleuchten lernen.

Abendweise

Wunder-voller Hain der Nacht,
den wir Tag um Tag betreten,
drinnen Tag um Tag wir beten,
zueinander tief erwacht ...

Wölbe deiner Wipfel Pracht
über unserm stillen steten
Opfer, aus emporgewehten
Seelenflammen fromm gebracht!

Mondnacht

Vorn ein Wall von schwarzen Hügeln ...
Doch astralhaft über ihnen –
bleiche Wände, mondbeschienen,
wie aus Flor von Geisterflügeln ...

Schau ich hier zum Bild gewoben –
Erdendumpfheit, Himmelstrachten?
Rings das Unten noch voll Nachten ...
Doch voll Seelenlicht das Droben ...

Vor Sonnenaufgang

Raben halten wo im Alpenwald Gericht ...

Durch den Raum hin schwebt im Morgenlicht
geisterleis der mütterliche Ball ...

Raben schrein im geisterstummen All ...

II

Herbst

Vergänglichkeit! Wort, das Gott-Welt enthüllt!
Wer dürfte dauern, den ein Ziel erfüllt?

Ähren-Wald

Wie dicht
ein Wald aus Ähren ist,
wie dicht und doch zugleich
wie licht!
Kein Buchenwald ist also hell,
kein Birkenhain so schattenlos,
wie unterm goldigen Gewell
des weiten Felds
sein stiller Schoß.

Südwind

Dies ist der Süd, der nicht die Köpfe nur,
der selbst die Welt verwirrt, – daß harte Berge
in Süßigkeit wie Liebende entbrennen
und sich dir geisterhaft zuhauchen – nicht
wie Felsen, nein, wie Träume, die der Himmel
in einer Mittagsstunde träumt ...
Dies ist der Süd, der Berge selbst verführt ...

O bunte Welt

O bunte Welt,
was schillerst du mir her!
Auf mich gestellt,
bedarf ich dein nicht mehr.

Nicht mehr? Und doch,
wie bangt mich oft nach dir ...
Zu innig noch
verschlingt sich Dort und Hier.

Der Wiesenbach

Kühl-und-Klarer! Ohne Laut
führst du über Moos und helle
Steine die bewegte Welle,
Busch und Wiese gleich vertraut.

Blätter, Blumen, Früchte schwanken
dann und wann auf dir dahin,
wie verlorene Gedanken
einer großen Träumerin.

Blätterfall

Der Herbstwald raschelt um mich her ...
Ein unabsehbar Blättermeer
entperlt dem Netz der Zweige.
Du aber, dessen schweres Herz
mitklagen will den großen Schmerz –
sei stark, sei stark und schweige!

Du lerne lächeln, wenn das Laub,
dem leichten Wind ein leichter Raub,
hinabschwankt und verschwindet.
Du weißt, daß just Vergänglichkeit
das Schwert, womit der Geist der Zeit
sich selber überwindet.

Herbstschlacht

Ich ging den Berg hinauf nach Haus.
Um mich nächtlicher Herbstwindbraus.

Stille und Stoß. Stille und Stoß.
Die Kurortlandschaft ward sterbend – groß!

Ich ging – mir klang wie dumpf Dodona-Erz:
»Dies ist der Herbst, der bricht dir noch das Herz.«

Und aber kommt, den Tod in der Faust,
eine neue Windsbraut einhergebraust.

Vierer Trompetenbäume Laub
wird auf ein einziges Mal ihr Raub.

Wie ein Steinschlag vom Bergeskamm
übermuhrt es den breiten Damm.

Wie in Buonarottis Gericht
schaudert's herab durch das fahle Licht.

Noch ein Blatt, noch zwei, noch drei,
gaukelnd, schaukelnd, – dann ist's vorbei.

Ich wate hindurch ... Durch Astgitter leere
dämmert der Hochalpen schneeige Hehre.

Schon baut der Winter an seinem Nest
hoch droben ... Nun, Herz, sei doppelt fest!

Der Wolkenbaum

Hoch im Dunkel steht ein Wolkenbaum,
darin wohnen hundert Vögel grau,
schmettern stumm ihr geisterhaftes Lied.
Seinen Fuß umfunkelt Wiesentau.
Seinen Stamm umwebert Nebelflaum.
Seinem fahlen Wipfelwerk entflieht
der Mond ...

Nachts übern Markt

Die Luft ist schwarz und kalt.
Der Löwe pfeilt
den starren Maulstrahl in den finstern Born.

Der Zeder Spalt
durchsticht ein Sternendorn.

Weh dem, der weilt …

Aus stillen Fenstern

Wie oft wirst du gesehn
aus stillen Fenstern,
von denen du nichts weißt …
Durch wie viel Menschengeist
magst du gespenstern,
nur so im Gehn…

Novembertag

Nebel hängt wie Rauch ums Haus,
drängt die Welt nach innen;
ohne Not geht niemand aus;
alles fällt in Sinnen.

Leiser wird die Hand, der Mund,
stiller die Gebärde.
Heimlich, wie auf Meeresgrund
träumen Mensch und Erde.

III

Winter

Rosenweiß, ein Geist, unwirklich ganz,
ein Gebild aus Schnee und Sonnenglanz,
streitet sich der Berg aus Wolkenschleiern,
seines Winters ersten Tag zu feiern.

Vor dem Schachbrett

Ein Kunstwerk sei wie ein Schachproblem.
Da ist's auch nicht an dem oder dem;
da ist ein jeder Zug bestimmt
für den, der Schicksal gibt wie nimmt.
Da lerne, wer schafft, wie wer genießt,
wie sich ein Kreis zum Ganzen schließt.

Vor einem alten Schrank

Wie faß ich dich in deinem ganzen Reiz?
Ist es allein dein Alter, das mich rührt,
der Umriß, in der Ältern Art geführt,
des Baues Ernst, der hellen Farben Geiz?

Es ist, daß du in deinem Mittag stehst
vom Werden zum Verfall. Einst warst du nur
das Werk der Kunst, als das du einst vergehst, –
jetzt gleichst du einen Tag lang der Natur:

In Eins gewachsen wie ein Baum, ein Schiff,
ein Staat, den keiner mehr zergliedern kann,
der in ein Ganzes so zusammenrann,
daß es wie Eigenleben ihn ergriff.

Drum wird all Neues uns so spät vertraut,
drum täuscht das Aug so gern sich Alter vor
und freut sich doppelt an dem Werk empor,
an dem die Zeit, als Helfer, mitgebaut.

An meinen Badeschwamm

Großer Schwamm, du braver Bronnen,
drauf mein Aug' erwachend säumt,
der an seinem Garn versonnen
an des Ofens Vorsprung träumt!

Brüt ich über Denkdoktrinen,
nehm ich dich als Vorwurf gern;
und dann dienst du deinem Herrn
anders, als sonst Schwämme dienen.

Wie vom Schwert der Cherubim
wirst du dann von ihm entkleidet –
Farbe, Form, Charakter scheidet,
und du wirst ein Ding an ihm.

Doch nur etliche Minuten
schwebst du so, des Selbst beraubt ...
Und dann strömst du kühle Fluten
über sein erquicktes Haupt.

Meinem Koffer

Stämmiger Gesell
meiner Wanderfahrt,
dessen rostbraun Fell
all mein Gut bewahrt!

In mein Wappen tu
ich dein Bild hinein

und ein Spind wie du
sei mein letzter Schrein.

In der Ecke dort
ist dein Aufenthalt,
nimmer sollst du fort
auf den Speicher kalt.

Gerne dann und wann
ruh ich auf dir aus,
fühle stark: Wohlan,
hier bin ich zu Haus.

Bis der Traum mich dir
enger noch gesellt,
und dann fliegen wir
über alle Welt.

Der Schatten spricht:

Mensch, willst du einen Gegenstand
zum Reden über sich reizen,
so frag seinen Schatten an der Wand;
der wird mit Weisheit nicht geizen.
Der wird dir sagen: Lieber Geist,
ich bin sein wahres Wesen.
Das, was du seinen Körper heißt,
das ist nur Schrift, zum Lesen;
der Körper ist der Buchstab nur,
mit dem die Gottheit schreibet,
die Gottheit oder die Natur,
und der nicht lang verbleibet.
Sieh mich an, mich, der nichts an sich
und doch ein Schmuck deiner Wände;
sieh mich an, Mensch, ich lehre dich
den Geist der Gegenstände.

Das Sintho-Buch

Da trag ich fünfzehn Jahre nun ein Augenglas
mit schmalem goldnen Rand, das eine Frau,
das eines Freundes Mutter mir geschenkt.
Es war vielleicht ihr eignes dermaleinst,
an einem dünnen Kettchen trug vielleicht
ihr junger Hals das zierliche Gebild
des Petersburger Goldschmieds – ja, wer weiß:
Durch diese feinen Reifen (denn die Gläser
sind längst nicht mehr die alten) sah vielleicht
ihr reines Aug noch Ihn – Michajlowitsch –
den Großen – –! Und das trug ich nun
gedankenlos drei Lustren … Oh –
was ist der Mensch! Des Rings, durch den er blickt,
tagaus, tagein, durch den er sich der Welt,
der sichtbaren, vermählt und sie sich ihm,
vergißt er, achtet sein nicht; denkt nicht des,
der ihn geformt, nicht ihrer, die ihn gab,
nicht seiner, dessen Bild einst in ihm lag –
wer weiß, als wie in einem Rähmchen … bis –
vor einem Buch, vor einem *Sintho*-Buch,
in einer Nacht dies alles ihm erscheint
und ihn erschüttert, anklagt und betrübt …

Glockenton nach Mitternacht

Eine Glocke in stiller Nacht …
Was mag sie wollen? Was ist geschehn?
Nirgends Feuerzeichen zu sehn.
Nirgends eine Seele, die wacht.

Klingt es nicht, als schlüge sich
dumpf wer an die Brust von Erz:
Schmerz – Schmerz – Schmerz – Schmerz.
Welt, mein Ich, wie quälst du Mich!

Doch, sagt Meister Eckehart,
war auch solche dunkle Klage
schon am Anfang aller Tage
Seinem Geiste Gegenwart.

Seinem Geist? O Mund, gib Ruh';
laß mich nicht in Worte fallen.
Einer Glocke nächtlich Lallen
darf mich lehren; doch nicht du.

An eine unbekannte Schauspielerin nach einem Operettenabend

Du siehst jetzt auch vielleicht auf deine Decke,
darunter sich dein schlanker Körper zeichnet,
und sinnst dem Rätsel deines Lebens nach ...
Das wilde, wüste, aufgejagte Treiben
des Abends fiel zusammen wie ein Schaum,
von dem das Meer zurücktrat stumm und tot.
Die Maske liegt, der taube Trödel liegt
verachtet irgendwo, das Auge lächelt
nicht fürder; jener tiefe Leidenszug,
der abends schon dein Lächeln abgelöst,
beherrscht, verdunkelt nun dein Antlitz ganz.
Du bist von denen, Kind, die nicht die Lust
erregter Augenblicke sättigt, du willst mehr.
Ich fühle, wie so sehr noch Kind du bist,
bereit, so sehr zu lieben noch, zu traun,
und doch erfahren schon bis übers Maß
im Weh der Welt ... Wie blickst du seltsam starr;
wie adelte dich Sorge schon so früh;
daß du mit mir in dieser Mitternacht
im selben einsam großen Sinnen wachst
und deine edlen schmalen Glieder sich
abzeichnen siehst im Linnen, das sie deckt,
und fremd zugleich und zärtlich sie betrachtest:
dies hingestreckte Dich, das so viel lacht

und so viel weint und noch vor kurzer Frist
vor andern Menschen tanzte, spielte, sang –
dies dunkle Dich, das, dunklem Falter gleich,
der Flamme zu mit jedem Nerv sich sehnt,
daß es als Psyche, wie ein Hauch entschauernd,
an Eros Brust auf ewig schliefe ein.

Im Theater

Ihr seht die Spieler, wie Gewohnheit lehrt.
Ich sehe dort geheimnisvolle Wesen,
ein schlechter Forscher nach der Dichtung Wert.
Ich such in ihnen wie in Schrift zu lesen,
dem Lebensrätsel selber zugekehrt.
Und während ihr vor ihnen euch entscheidet,
hab ich sie schier der Rolle MENSCH entkleidet.

Euch rührt ein ödes, leeres Lächeln nicht, –
wie dürft es auch! Doch wem der Mensch erschlossen,
ihm ist nichts öd und leer. Des Auges Licht –
sein bloßes Licht – ob so, ob so ergossen,
erregt ihn wie das tragischste Gedicht!
Ihm ist der leerste Blick noch eine Brücke …
Wohin? Ihr fragt es – und die Brücke bricht –
der Träumer stutzt – – und springt zu euch zurücke.

Nächtliches Haus

Das wälzt sich hin und her
im finstern Haus
und bricht in Seufzer schwer
und Ächzer aus.

Das stöhnt geheimnisvoll
in Leid und Lust
und zahlt der Nacht den Zoll
aus dunkler Brust.

Briefe

I

Warum versankst du mir so ganz?
Ein Stein auf irgend eines Flusses Grund,
tief unter Wellentanz und -glanz,
ist mir nicht stummer als dein Mund.

Geh hin zum nächsten Fluß, geh hin,
und blick hinab, und siehst du einen Stein,
so grüß dein dunkles Brüderlein
und sag ihm traurig, wer ich bin.

Nein, sag ihm fröhlich, wer ich war!
Ein Freund, mit dem du einst Ein Herz und Sinn.
Nein, sag ihm traurig, wer ich bin:
Ein Freund, nun aller Freundschaft bar.

II

Oh, ich weiß wohl, was noch fehlt.
Doch, o glaubt, der Tag wird kommen,
wo mir gleich dem frömmsten Frommen
jede Silbe sich beseelt!

Wo die Härte und die Kühle
so in Wärme schmilzt und taut,
daß Ihr fühlt, was ich geschaut,
nicht nur schauet, was ich fühle.

III

Ich glaube nicht an Ungerechtigkeit,
ich glaube, was geschieht, geschieht mit Recht;
wir sehn nur nicht ins fiebernde Geflecht
der unaufhörlich fortgewobnen Zeit.

Die Mär vom blinden Wandel der Natur
bedünkt mich schal; dies Wandeln ist nicht blind.
Es faßt sich selbst ins Aug im Menschenkind
und prüft sich Schritt vor Schritt in Wald und Flur.

Ein Blindes geht im Grund wohl seinen Trott,
doch ewig formt sein Geist es um und um,
Natur ist weder roh noch kalt noch dumm
noch ungerecht, Natur ist In-Sich-Gott.

IV

Sag nicht: dies ist nicht vorzustellen,
nicht auszudenken! Eines Tages
erscheint ein Mensch bestimmten Schlages
und steigt hinunter zu den Quellen.

Und trägt vom Urborn der Natur
zwei Hände voll ins lichte Leben.
Und als Erfahrung bleibt gegeben,
was Vorzeit nur als Traum erfuhr.

Und wie sie kommen all und trinken,
verwandelt Sinn sich und Gesicht:
Wie Schleier scheint's hinwegzusinken,
und Dunkelstes wird seltsam licht.

V

In die Berge sehnst du dich,
an das Meer, –
und der Berg des Himmels
mit seinen steilblauen Wänden:
Ragt er nicht ewig
vor dir auf?

In die Berge sehnst du dich,
an das Meer, –

und das Meer des Himmels
mit seinem tiefblauen Spiegel:
Wogt es nicht ewig
vor dir hin?

Wie ein Knabe
träumst du von Bergen,
träumst du von Meeren …
So wirf den Nacken doch zurück
und habe mehr denn Berg und Meer –
hab – Ewigkeit!

IV

Die Wunderfrucht

In meiner Rechten ruht, gleich einer Frucht,
darum die Finger greifen, meine Schläfe.
Wer, was da werkt in dieser Wunderfrucht,
im Innern dieser harten, warmen Schale
in allerfeinsten Zellen sich vollzieht, –
wer diese Frucht, die denkt, be-greifen könnte!
Wie eine ungeheure Nuß, – so hält
die Hand das heilige Gewölb gefaßt,
aus dessen unerforschtem Tempelbauch
die Glorie quillt persönlichen Gefühls,
die seiner selbst gewahre Strahlung: Geist,
die Ahnung eines Gottes von sich selbst …

An die Furcht

Du langverlorne, laß dich wiederum,
erhabne Furcht, in unsre Tage ziehn,
die allzu platte Helligkeit verdarb!
Dich nicht mehr ganz verkennend, werden wir

uns enger aneinander drängen und
uns tiefer lieben – zitternd vor dem Frost
der ungeheuren Rätseleinsamkeit,
die unsern Ball umarmt, und deren wir
zum Unheil uns, vergaßen, –
gute Furcht,
zusammenschauernd, doch zu unserm Heil,
laß abermals, wie vordem, uns den Kuß
der bleichen Lippen dein empfangen,
grause Göttin ...

Der Kelch der Ewigkeit

Tief, tief, ihr nennt die Becher tief, *die* – Becher? ...
Der Kelch der Ewigkeit ist ohne Grund –
den greif ich um, den setz ich an, den trink ich aus ...
Trank ich mich selbst?
Tief, tief, was nennt ihr – tief?
Die ihr so Mensch wie Tier wie Baum wie Stein
als Mensch und Tier und Baum und Stein verehrt.
Was ist das alles doch? Ich frage mich
umsonst.
Nein, tief sind eure Becher nicht –,
doch süß zu trinken.
Immer nicht. Doch oft.
Stark, frisch, wie Morgentrunk.
Mein Kelch
birgt –
Tod.

Jesus, ein ›Mensch‹

Du, der du sagst: Ei, Jesus war ein Mensch!
So sag mir doch, du wunderlicher Mund:
Was ist denn dies nur, was du so voll Kraft
und Ernst und Klugheit einen ›Menschen‹ nennst?
Was ist denn dies: Ein Mensch!

Du lachst? Mein Freund, –
wenn du das wüßtest, wärst du schon nicht mehr
im selben Augenblick; denn wer Gott sieht
(und Gott und Mensch und jedes andre Wort
von all den fünfzigtausend, die du kennst,
sind Eines vor dem Unaussprechlichen),
der stirbt. Nun lachst du nicht mehr. Doch du gehst
unwillig weg und denkst: »Der Narr! Nun ja, –
das weiß ich selbst, daß alles Rätsel ist,
jedoch wo kämen wir denn hin, wenn wir
nicht sagten: dies, und: das, und: so, und: so!
Wir müssen's doch. Im Anfang war das Wort.«
Ja, ja, – »wo käm' die Wissenschaft dann hin«!

Desperado-Trost

Ob du so bist oder so,
sei getrost, – was will's bedeuten?
Laß dich nicht vom Gram erbeuten;
selbst als Frevler sprich noch froh:
In dem Raum, dem ungeheuern,
brennend voll von Sonnenfeuern,
was bin ich und wer bin ich!
Was ist dies mein kurzes Leben –
was dies ganze Erdenstreben –
was verschlägt's, verlor ich mich!
Was verschlägt's! Denn daß ich zahle,
leb ich noch Legionen Male; –
dies ist doch der Welten Sinn:
Daß ich Schritt vor Schritt mich wende
durch ein Leben schier ohn Ende
bis zu meiner Gottheit hin.

Kleine Erde …

Kleine Erde!
Kleine Werde!
Bist vielleicht ein Dutzendball!
Unerschöpflich ist das All.
Bist vielleicht kein sondrer Himmel
im Gewimmel
der Myriaden,
bloß ein Himmelchen und Höllchen,
bloß ein spärlich Nebenröllchen,
Boden zwar für Gottaufgänge,
aber selbst voll Not und Enge.

Und doch, doch,
du karge Scholle,
dürftst du noch einmal mich laden,
ja wohl viele Male noch!
Du aus Mann und Weib geballte,
gottesjunge, gottesalte!
Du – trotz aller Abseitsrolle –
Göttin mit den Möglichkeiten
allerletzter Tragischheiten,
allerletzten Glücks und Leides, –
Mutter und Geliebte … Beides …

V

Die Gestirne – die Gehirne
Gottes, suchend seinen Sinn …
Die Gestirne – die Gehirne
Eines, der Ich Selber bin …

Vielleicht der Zweck all der Erden:
Gott will zu Göttern werden –.

Gott wird zu allen Zeiten –
nicht Person, doch: Persönlichkeiten.

Gott ist nicht etwas über uns hinaus.
Gott ist ich, du, – doch wir nur Unser Haus.

Vielleicht gilt auch für ihn, den Geist der Geister:
In der Beschränkung zeigt sich erst der Meister.

»Trostlos«? Das Wort ist mir entschwunden,
seitdem ich Mich in mir gefunden.

Den Kelch der Ewigkeit am Munde,
was sorgst du der verlornen Stunde!
Empfandst du nur ein einzig Mal: Ich Bin; –
so gibst du stumm wohl auch ein Leben hin.

Jeder trägt, so fühlt ich schon als Knabe,
um sein Haupt ein unsichtbares Glänzen –

Wundervolle Tage seh ich nahn,
wo die Menschen,
ahnungsvoll bewußt,
ihres wahren Sinnes Glück empfahn.

Komme endlich, Mensch, zur Ruh,
du bist Ich, und Ich bin du.

Traure doch nicht so im Dunkeln,
siehst du Mich nicht oben funkeln,
Mich, nein dich, Dich rings im Raum?
Laß uns doch auf allen Erden,
das wir sind, das Eine werden,
unsre Menschheit unter uns als – Traum.

VI

Vorfrühling

Zittern meiner Augen Schleier nur?
Oder zittert rund um mich Natur?
Zittern beide wohl vom gleichen Geist,
der für Menschen ›Frühlingsanfang‹ heißt?

Verse beim Erwachen

An dieser Verse kleinen Gliedern hängt
noch Tau der Nacht.
Ich hab sie aus dem stummen Born, darin

der Morgen seine Pferde tränkt,
heraufgebracht.
Sie frösteln noch, als eben erst erwacht.
Ihr Auge flackert noch, als ohne Sinn,
denn den der fremden, dunklen Macht,
die drunten in der Tiefe wohnt …

Februarmorgen

Bleiche Morgenhelle,
drin der Vogel singt,
deren Frühlingswelle
Land der Nacht verschlingt –

Früh um Frühe eher
weckt dein Lerchenschlag,
und der Spätaufsteher
tritt in lichten Tag.

Abenddämmerung

Wie lang nun schon die Dämmrung wieder
die großen Augen offen hält!
Ich fühle fast die schweren Lider,
die halber Schlummer schon befällt –
und doch, trotz allem Drosselschlag,
noch nicht zum Sinken bringen mag.

Du zagst, den Leuchter zu entzünden,
und wartest, großgeäugt, auch du,
und starrst, wie sie, den bleichen Gründen,
darin ein Weltall schlummert, zu,
darin Besonnte mit Besonnern
in noch verborgnem Taumel donnern.

Doch bald ergrünt ein Stern im Hellen,
und langsam lischt ihr Wachen hin …
Und hunderttausend Früchte schwellen
zu Häupten einer Träumerin:
Als hätte sie ihr Blick gereift –
die Fülle, die kein Maß begreift.

Vorfrühling

Die blätterlosen Pappeln stehn so fein,
so schlank, so herb am abendfahlen Zelt.
Die Amseln jubeln wild und bergquellrein,
und wunderlich in Ahnung ruht die Welt.

Gespenstische Gewölke, schwer und feucht,
zerschatten den noch ungesternten Raum
und übergraun, im sinkenden Geleucht,
Gebirg und Grund, ein krauser, trunkner Traum …

Siehe, auch ich – lebe

Also ihr lebt noch, alle, alle, ihr,
am Bach ihr Weiden und am Hang ihr Birken,
und fangt von neuem an, euch auszuwirken,
und wart so lang nur Schlummernde, gleich – mir.

Siehe, du Blume hier, du Vogel dort,
sieh, wie auch ich von neuem mich erhebe …
Voll innern Jubels treib ich Wort auf Wort …
Siehe, auch ich, ich schien nur tot. Ich lebe!

Einem Berge

Du, Berg, bist gut. Auf deinen Matten ruht
das Auge gern und gern auf deinem Wald;

du bist nicht hoch noch stattlich von Gestalt,
doch macht dein sanfter Reiz dem Träumer Mut.

Die Sonne liegt auf deiner breiten Brust
den langen Tag; du gibst sie uns zurück;
und über deinem gütevollen Glück
entläßt das Herz die letzte böse Lust.

An eine Landschaft

Verliere dein Geheimnis nicht vor mir,
ich bitte dich, verbirg mir deine Reize,
und wenn ich sehnlich nach Erkenntnis geize,
so schweige sphinxhaft meiner Wißbegier.

Erkennen heißt, ich hab es längst erkannt,
die Welt in seine armen Grenzen pferchen;
du lehre mich aus deinen hundert Lerchen,
daß deine Schönheit kein Verstand umspannt.

Lied der Erde an die Sonne

Was wär ich ohne deine Liebe,
mein hoher Vater und Gemahl?
Du glühst mich an, und Berg und Tal
erschleußt dir seine schönsten Triebe.

Du glühst mich an, da werd ich reich
und danke dir mit tausendfachem Glücke,
und meine Meere spiegeln dich zurücke
und ehren dich der Gottheit gleich!

VII

Ein Nachmittag

An ein altes Haus

Was lieb ich denn an dir, du altes Haus,
wenn nicht den Geist, du gutes, der du bist?
Was drückst du andres denn als Gottheit aus,
die mein Gemüt nun nirgends mehr vermißt!

Ich nehme deinen Geist in mich hinein,
vermählt mit mir ver-wirst du ganz und gar,
und schauen andre nichts in dir als Stein,
mir machst du Mich-Demiurgos offenbar.

Der Bauernknabe

Ein Bauernknabe liegt im Wald
und liest.
Warum erschüttert mich dies Bild?
Weil ihm nichts ahnet
von ihm selbst.
Ich wollt, ich wär Maria,
daß ich ihm die Füße salben könnte
und mit meinem Haar
sie trocknen …

»Ich und der Vater sind eins«

… und jede Pflanze sollst du in dir fühlen
und jeden Stein und jeden Hauch der Luft!
Sie sind ja nur in Dir!
Sie sind ja nur *mit* Dir!

Tu ab die Fremdheit, die dich häßlich macht!
Das Schaffen deines Gottes, der du selbst,
lieb es voll Schmerz und Seligkeit, wo irgend
du sein gewahrst!
... und schön're Wort vielleicht
fand nie ein Mensch für sich,
den dreimal Unbegreiflichen,
als da er, ratlos, anders sich zu nennen,
sich Sohn und Vater nannte –
und in Christus sprach:
Ich und der Vater –
sind Eins.

Der Einsiedler

Menschen kommen auf meinen Berg,
jahrelang, jahrzehntelang;
alle denken sie dies und das,
alle denken sie das und dies;
keiner denkt, was jener denkt,
der sie kommen sieht und gehn,
dem sie nichts sind außer ihm;
er, der bis zum Gipfel drang,
wo der Berg in Geist sich auflöst
und als Geist den Geist empfängt ...
Keiner findet bis herauf,
wo ich warte, ganz allein ...
Keiner fühlt: Eins ist die Welt!
Geist ist die Welt! –: Gott!

VIII

Aus einem Christus-Zyklus

Nach Matthäus

Matth. 4, 8

Und Jesus stand auf einem hohen Berg
und sah vor sich die Herrlichkeit der Welt
und sprach zu sich: Dies alles wäre mein,
wenn ich vermöchte unter Zwergen Zwerg,
wenn ich vermöchte mit dem Dinkel Spelt,
wenn ich vermöchte nichts als Mensch zu sein.

Dies alles: Haus und Acker, Weib und Kind,
und wohlzutun und mitzuteilen Macht,
ein friedsam Leben und ein sanfter Tod ...
statt daß mein Tag, gestaltlos wie der Wind,
dahinfährt und nur Brand auf Brand entfacht,
bis daß von meinem Wahn der Erdkreis loht –

Denn Vater, Vater, bist du denn nicht Wahn,
nicht Wahnwitz bloß – wer sagt mir denn, du seist,
wer sagt mir denn, als ich mir: ich bin Du,
und Du bist ich? Wer nickt mir Zeugnis zu,
als ich, dem seine Augen aufgetan
auf Sich, den Vater, Sohn und Geist?

Den Vater, Sohn und Geist! Gespenstisch Wort!
Sag Mensch zu dir, sei Mensch wie andre auch!
Du Wurm im Staub, vergänglich, wie ein Rauch,
wessen vermißt du dich, armselig Tier?
Dort ist dein Reich, dort unter Menschen, dort,
nicht hier im Sturm der Ewigkeit, nicht hier! ...

Ja, Vater, gib mich los, ich bin zu schwach,
laß einen andern deine Werke tun,
mich hungert und mich dürstet, auszuruhn
von Dir. Ich weiß nichts mehr. Ich will nichts mehr ...
Doch! Mensch sein will ich, Mensch sein, hundertfach:
Als Mensch will ich dir dienen, Vater! ... Schwer

fiel Jesus nieder, wie ein Toter fällt,
mitten aufs Antlitz. Seine Hände riß
der Dorn, er achtete des nicht, er lag
als wie im Krampf. Aufzieht die Finsternis, –
doch durch die Erdnacht bricht der Weltentag
und mit dem Tag der Welt der Frost der Welt –

und rührt ihn an ... Da richtet er sich auf.
Und schaut der flammenden Gestirne Lauf.
Und langsam löst der Krampf sich. Wie ein Kind
ergreift ihn Scham, unendlich tief und lind.
Und tränenlächelnd haucht er ihnen zu:
Vergib, du meines Ich urewig Du!

Nach Johannes

Mir kann niemand geben,
mir kann niemand nehmen,
ich bin, der ich bin.
In mir kam der Sinn
des Lebens zum Leben.
So nehmt mich denn hin.

Joh. 1, 26

Er ist unter euch getreten,
den ihr nicht kennet:
Der Prophete der Propheten,
den danach brennet,
daß ihr euch vom Tiere trennet,

das ihr waret,
und mit Ihm als Euch erfahret,
den kein Mund nennet.

Joh. 4, 31

Die Jünger mahnten: »Rabbi, iß!«
Er aber brannte wie ein Licht,
und sah auf ihre Speise nicht
und fühlte in der Finsternis
der Welt, ein Stern, sich einsam stehn …
»Wir ließen ihn zu lang allein,
es hat ein andrer ihn gespeist!«
So rieten sie. Er aber spricht:
»Ihr sagt es, – meines Vaters Geist.
Meine Speise ist, daß ich künde Den,
Der mich gesandt, und vollende, was Sein.«

Joh. 8, 53

»So bist du mehr denn Abraham?
So bist du mehr denn ein Prophet?
Was machst du aus dir selbst, Mensch ohne Scham?«

Der Christus drauf: »Mein Ich vergeht
wie eures. Doch, der aus ihm spricht,
Er, den ich sehe und ihr nicht seht,
der Gott, zu dem ihr im Tempel fleht,
und der hier eure Tempel bricht,
der Vater, der hier vor euch steht
im Sohn – vergeht mit diesem nicht.
Ich gehe und bleibe, verwerde und bin, –
faßt ihr ihn nicht, den Sinn
des Drei-Einigen? …«

Da hoben sie Steine auf, ihn zu steinigen.

Joh. 14, 6

Ich bin der Weg, die Wahrheit und das Leben,
niemand kommt zum Vater denn durch mich.
Ihr mögt nach allen Winden streben –
wer flöhe – Sich?
Sich aber sah nur einer: ich.
Mich fassend, mich, in Geist und Wahrheit mich,
wirst du der Finsternis entschweben.
O faß mich doch! O laß mich dich erheben!
Ich liebe dich.

AN DEN ANDERN

Ich und Du (1911)

(Auswahl)

Die Bank

Die Nacht ist lind und lockt mich auf die Warte
auf halber Höhe über meinem Flecken;
ich schau ihn sich den Bach hinauf erstrecken,
und diesen selber durch der Mauer Scharte.

Durchs Laubwerk mir zu Häupten spielt das harte
Geblink der Sternenschar mit mir Verstecken;
indes von unten mich Laternen necken,
wie Blitzer einer transparenten Karte.

Vor allem aber ist die Bank da droben
mir wert. Denn meine Freundin kommt, die ferne,
so oft ich dort, mein nächtlich Säumen teilen.

Gemeinsam hören wir die Wasser toben.
Gemeinsam schaun wir Häuser, Lichter, Sterne …
Und wünschen nichts als ewig so zu weilen.

Meran-Vineta

Die Nacht ist finster, ohne Stern und Mond.
Jetzt schläfst du, Stadt, auf tiefem Meeresgrund,
vom Trollenvolk Ertrunkner bloß bewohnt;
und ist in deinem Reich kein andrer Mund,

als der dem Schrei der Geisterstunde front,
dem Erzschrei, der aus Tor und Pforte rund
die Toten wirbelt, blinden Auges und
der Spanne durstig, die der Schemen schont.

Hoch droben überm Spiegel zieht ein Boot ...
Das Ruder ruht. Und eine Stimme bebt:
Horch, Herz, da drunten läutet jetzt der Tod ...

Da fühl ich, wie mein Sinn dem Graun entstrebt –
Ich reiße los mich von Vinetas Not
und sage laut: Doch dein Geliebter lebt!

Ein Gleichnis

So wie das Fenster anfangs nur Ein Schimmer
von künstlichen, doch blinden Eiskristallen,
durch die gedämpft ins winterliche Zimmer
der Morgensonne liebe Strahlen fallen –

doch mehr und mehr löst sich der Reif und Glimmer,
verästeln sich die Blumen zu Korallen,
und lang bevor die Mittagsglocken hallen,
bestehn auch diese Taugebilde nimmer –

der ganzen Sonne liegt der Raum nun offen,
das Glas ward klar und läßt nun ohne Schleier
den schöpferischen Segen einwärts fluten ––

so wehrt, seit deine Liebe mich getroffen,
mein Sinn, vom Eis der Abwehr täglich freier,
kaum länger ihren unverwandten Gluten.

Ein anderes

Gleich wie ein Brand, im Anfang kaum erspäht,
den sommerlichen Kiefernhain durchspringt
und Stamm um Stamm inbrünstiglich umschlingt,
daß sturmgleich er sein Innerstes entlädt –

Gleich wie, was erst bloß Fünklein, stät und stät
an Gras, Moos, Flechte, Reisig aufwärts dringt,

bis es sich endlich in die Kronen schwingt
und aus Legionen Nadeln Blitze sät –

So fällt die Leidenschaft den Menschen an,
als Spiel zuerst, doch unversehens Ernst, –
nichts rettet mehr, nicht Flucht, nicht Kraft, nicht Stolz.

Du mußt sie schaudernd dulden, Weib wie Mann:
Daß du im Feuertod erkennen lernst,
wie wild Holz Feuer liebt und Feuer Holz.

Mondnacht über Meran

Die Geisterstadt ... Als wie ein Teppichbild,
daran ein Träumer jahrelang gewebt,
so steht sie da im Mondenduft und lebt,
ein ganz zu Traum verflüchtigt Erdgefild.

Und drüber seidet Allblau dämmermild,
von Sternen-Kinderaugen scheu durchstrebt.
Und jetzo! Mitternacht! Der Aether bebt,
als rührte Geistergruß an einen Schild.

Ein Traumbild, – leichtlich tausenden gesellt
auf einer Göttin Brünnenüberhang,
die schimmernd steht auf Speer und Schild gelehnt ...

Und eben war's, daß dieser zwölfmal klang:
Gott grüßt im Traume seine Göttin Welt,
die sich nach Ihm, wie er nach Ihr sich, sehnt.

Ritornelle

Es gilt fast mehr als dich und mich allein,
es gilt hier fast etwas wie ein Problem,
das da ist und in uns der Lösung harrt.

Zu deuten ist das Keinem. Wie im Wein
schreib ich das hin. Denn: ein Problem? von wem?
für wen? … O Gottesabgrund, der hier starrt …

Wie sehr versteh ich dich, Mitdichtersmann,
Henrik – (der XIII – für viele),
und jene schauerlichen Innenspiele,

wie eins davon im ›Solneß‹ Form gewann!
Wir fürchten uns, wie Herrn der Phantasie,
vorm Leben stets, – nur vor Gespenstern nie.

Ein paar Pappeln gegen den – Horizont?
Nein: drei Pappeln gegen die – Ewigkeit,
und von unsrer frommen Sonne besonnt …

Seele, denk es: wider den Weltenraum
(den nur ›Gott‹ vielleicht allein ermißt)
die drei Bäume! – wie Wirklichkeit wider Traum! …

Der Morgen war von Dir erfüllt …
Dein Bild, von Tränen oft verhüllt,
umfloß mich wie ein lichter Schein;
Du warst mein Morgenlicht allein.
Die Sonne schien mir ins Gesicht,
ich sah vor Dir die Sonne nicht,
erblindet lag der Augen Au
von Dir, als meinem Himmelstau.

Ein einunddreißigster August

Das war der letzte leuchtende August:
Der Sommer gipfelte in diesem Tage.
Und Glück erklang wie eine Seegrundsage
in den Vinetatiefen unsrer Brust.

Ein leises fernes Läuten kam gegangen –
und welche wollten selbst die Türme sehn,
in denen unsres Glückes Glocken schwangen:
so klar ließ Flut und Himmel sie verstehn.

Der Tag versank. Mit ihm Vinetas Stunde.
Septembrisch ward die Welt, das Herz, das Glück.
Ein Rausch nur wie von Tönen blieb zurück
und schwärmt noch über dem verschwiegnen Grunde.

Schachsonett

Dem edlen Schach vergleich ich das Sonett.
Eröffnung, Aufbau, Mittel-, Endspiel – traun,
das alles ist so hier wie dort zu schaun,
und auch selbst hier sitzt oft ein – Paar am Brett.

Vier Züge schon vorbei! Gefährlich Baun!
Verwirrung trübt mich ... Opfer und – Verlust! ...
Doch dieser Zug jetzt macht den Fehler wett.
Und auch dem Endspiel darf ich noch vertraun.

Jetzt brenn ich erst; und spür mich Brust an Brust;
und greife nicht mehr fehl im strengen Kriege;
und lege meisternd Hand auf Brett und Blatt.

Noch einmal blitzt das feindliche Florett –
doch ich parier's, – und nun auch schon: Schachmatt!
(Ich muß erst immer fallen, eh ich siege.)

Humor

Mir war Humor mein Lebtag schier – Problem.
Ich frug mich: Tränenlächeln – ist's auch nicht
ein (letzten Ends) – germanisch Leibgericht,
ein Rausch-Met, ein biderb Trau-schau-*nicht*-wem?

Ist nicht Humor – bequem (lies: unvornehm)?
Ein kirchweihkraus Gefährt, Art und Gewicht
des ›Bürgers‹ angestimmt: – doch welches bricht,
entlenkst du drin der acht Planeten Lehm?

Was für den Mars noch gilt, gilt's noch für das,
was unabsehbar wimmelt? Was der Zeit
entspricht, entspricht's dem Ewigen noch? – Gott?

»Sprich, kann Humor je *groß* sein!« – Ja! Und baß! –:
Als Brecher, Einmensch, deiner Wichtigkeit!
Als: wenn *du* ›Gott‹ sagst, – *dieses* ›Gotts‹ noch: Spott!

In aeternum

Seitdem ich jenen Sklavenring zerbrochen,
womit mich meine Zeit zu fesseln wähnte
an ihren Block aus Tüchtigkeit und Torheit,
und auf dem Drachenflieger ihr entwischte –

frag ich mich oft, in Freiheit ganz gebadet:
wo sollte dieser Welt der Möglichkeiten
je End und Grenze winken, welche Staffel
der Schönheit je als letzte grüßen mögen?

Ist Ewigkeit denn nur ein Schall, o Seele?
oder ein Weg uns, wie dem Durst die Traube,
dem Kuß der Mund, dem Gott der Mensch, geboten?

(dem Gott der Mensch, ja; der in ihm vielleicht
sein eines Blitzes Frist erstaunt gewahr wird –
um dann durch ihn zu Höherem fortzutrachten) ...

Wir fanden einen Pfad (1914)

Für Dr. Rudolf Steiner

So wie ein Mensch, am trüben Tag, der Sonne
vergißt, –
sie aber strahlt und leuchtet unaufhörlich, –
so mag man Dein an trübem Tag vergessen,
um wiederum und immer wiederum
erschüttert, ja geblendet zu empfinden,
wie unerschöpflich fort und fort und fort
Dein Sonnengeist
uns dunklen Wandrern strahlt.

Nach der Lektüre des Helsingforser Cyclus 1912

Zur Schönheit führt Dein Werk:
denn Schönheit strömt
zuletzt durch alle Offenbarung ein,
die es uns gibt.
Aus Menschen-Schmerzlichkeiten
hinauf zu immer höhern Harmonien
entbindest Du das schwindelnde Gefühl,
bis es vereint
mit dem Zusammenklang
unübersehbarer Verkünder GOTTES
und SEINER nie gefaßten Herrlichkeit
mitschwingt im Liebeslicht

der Seligkeit …
Aus Schönheit kommt,
zur Schönheit führt
Dein Werk.

I

O Nacht …

O Nacht, du Sternenbronnen,
ich bade Leib und Geist
in deinen tausend Sonnen –

O Nacht, die mich umfleußt
mit Offenbarungswonnen,
ergib mir, was du weißt!

O Nacht, du tiefer Bronnen …

Erblinden mag ich, sprach ich kühn, –
mir bleibt nichts Neues mehr zu schauen! …
Da wandelt sich der Erde Grün
zum odemraubend kühlen Grauen.

Ein Schleier fällt auf die so recht
geliebten Wesen und Gelände,
und zu der – Geister Lichtgeschlecht
erhebt – ein Blinder seine Hände …

Nun wohne DU darin,
in diesem leeren Hause,

aus dem der Welt Gebrause
herausfloh und dahin.

Was ist nun noch mein Sinn, –
als daß auf eine Pause
ich einzig DEINE Klause,
mein Grund und Ursprung, bin!

Die zur Wahrheit wandern,
wandern allein,
keiner kann dem andern
Wegbruder sein.

Eine Spanne gehn wir,
scheint es, im Chor ...
bis zuletzt sich, sehn wir,
jeder verlor.

Selbst der Liebste ringet
irgendwo fern;
doch wer's ganz vollbringet,
siegt sich zum Stern,

schafft, sein selbst Durchchrister,
Neugottesgrund –
und ihn grüßt Geschwister
Ewiger Bund.

Leis auf zarten Füßen naht es,
vor dem Schlafen wie ein Fächeln:
Horch, o Seele, meines Rates,
laß dir Glück und Tröstung lächeln –:

Die in Liebe dir verbunden,
werden immer um dich bleiben,
werden klein und große Runden
treugesellt mit dir beschreiben.

Und sie werden an dir bauen,
unverwandt, wie du an ihnen, –
und, erwacht zu Einem Schauen,
werdet ihr wetteifernd dienen!

Evolution

Kaum daß sich, was sich einst von Dir getrennt,
in seiner Sonderwesensart erkannt,
begehrt zurück es in sein Element.

Es fühlt sich selbst und doch zugleich verbannt
und sehnt sich heim in seines Ursprungs Schoß …
Doch vor ihm steht noch ehern unverwandt

äonengroß sein menschheitliches Los!

Überwinde! Jede Stunde,
die du siegreich überwindest,
sei getrost, daß du im Pfunde
deines neuen Lebens findest.

Jede Schmach und jede Schande,
jeder Schmerz und jedes Leiden
wird bei richtigem Verstande
deinen Aufstieg mehr entscheiden.

Ohne Erbschuld wirst du funkeln,
abermals vor Enkeln rege,

ungezähltem Volk im Dunkeln
weist ein Sieger Sonnenwege.

Geschöpf nicht mehr, Gebieter der Gedanken,
des Willens Herr, nicht mehr in Willens Frone,
der flutenden Empfindung Maß und Meister,

zu tief, um an Verneinung zu erkranken,
zu frei, als daß Verstocktheit in ihm wohne:
So bindet sich ein Mensch ans Reich der Geister:

So findet er den Pfad zum Thron der Throne.

II

I

Sieh nicht, was andre tun,
der andern sind so viel,
du kommst nur in ein Spiel,
das nimmermehr wird ruhn.

Geh einfach Gottes Pfad,
laß nichts sonst Führer sein,
so gehst du recht und grad,
und gingst du ganz allein.

II

Verlange nichts von irgendwem,
laß jedermann sein Wesen,
du bist von irgendwelcher Fehm
zum Richter nicht erlesen.

Tu still dein Werk und gib der Welt
allein von deinem Frieden,
und hab dein Sach auf nichts gestellt
und niemanden hienieden.

O wie gerne lern ich Milde,
liebes Herz, von deinem Munde,
folge dir in stillem Bunde
in geläuterte Gefilde!

Und wir schaun zurück zusammen
auf die Welt, samt ihrem Schelten,
und anstatt sie zu verdammen,
lassen wir sie gehn und gelten.

Du Weisheit meines höhern Ich,
die über mir den Fittich spreitet
und mich vom Anfang her geleitet,
wie es am besten war für mich, –

wenn Unmut oft mich anfocht: nun –
Es war der Unmut eines Knaben!
Des Mannes reife Blicke haben
die Kraft, voll Dank auf Dir zu ruhn.

O gib mir Freuden, nicht mit dem verstrickt,
was ich als niedres Ich in mir empfinde,
gib solche Freuden mir zum Angebinde
wie Geist sie Geist, der Seele Seele schickt.

O nicht mehr dieser schalen Freuden Pein,
die doch erkauft nur sind von fremden – Leiden!
Schenk Herzen mir, die sich für DICH entscheiden,
so wird auch meines wahrhaft fröhlich sein.

Mit-erwacht …

Dein Wunsch war immer – fliegen!
Nun naht dir die Erfüllung.

Du wirst den Raum besiegen,
nach jener Weltenthüllung,
die uns zu Freien machte
vom Schlaf der blinden Runden.

Nun hast du, Mit-Erwachte,
dein Schwingenkleid gefunden!

Stör' nicht den Schlaf der liebsten Frau, mein Licht!
Stör' ihren zarten, zarten Schlummer nicht.

Wie ist sie ferne jetzt. Und doch so nah.
Ein Flüstern – und sie wäre wieder da.

Sei still, mein Herz, sei stiller noch, mein Mund,
mit Engeln redet wohl ihr Geist zur Stund.

An den andern

Ich hatte mich im Hochgebirg verstiegen.
Die Felsenwelt um mich, sie war wohl schön;
doch konnt ich keinen Ausgang mir ersiegen,
noch einen Aufgang nach den lichten Höhn.

Da traf ich Dich, in ärgster Not: den andern!
Mit Dir vereint, gewann ich frischen Mut.
Von neuem hob ich an, mit Dir, zu wandern,
und siehe da: Das Schicksal war uns gut.

Wir fanden einen Pfad, der klar und einsam
empor sich zog, bis, wo ein Tempel stand.
Der Steig war steil, doch wagten wir's gemeinsam …
Und heut noch helfen wir uns, Hand in Hand.

Mag sein, wir stehn an unsres Lebens Ende
noch unterm Ziel, – genug, der Weg ist klar!
Daß wir uns trafen, war die große Wende.
Aus zwei Verirrten ward ein wissend Paar.

III

O ihr kleinmütig Volk, die ihr vom Heute
nicht loskommt, die ihr meint: so ist es, war es
und wird es sein, so lange Menschen leben –.

O würdet ihr doch andrer Hoffnung Beute
und lerntet wieder schauen Offenbares
und Hirn und Herz zu höchstem Ziel erheben!

»Ich will aus allem nehmen, was mich nährt,
was übereinstimmt mit mir längst Vertrautem;
so wird mir manches stille Glück gewährt.

»In Eurer Weisheit fand ich manch geheime
Bestätigung zu von mir selbst Geschautem
und brachte sie zu meiner Art in Reime.

»Es gibt so vieles Schöne, Gute, Wahre;
wie bin ich dankbar, daß ich Mensch sein darf
und immer Neues solcher Art erfahre!«

Erfahre denn noch dies dazu: entfernt
bist du vom Ernst noch. Dein Gewissen warf
dir noch nicht vor, daß Weisheit sich nur – lernt.

Mit solchem Blumenpflücken, Kränzchenwinden –
was ist getan? sieh dir ins Angesicht
und prüfe, ach, solch allzu lau Empfinden.

Du fühlst der Weisheit Weg noch nicht als – Pflicht.
Und so: ob von Glühwürmchen oder Sternen
dir Licht zufließt – dir ist's das gleiche Licht.

Dir sind die echten Tiefen, wahren Fernen
noch stumm; sie, deren Siegel einzig bricht:
ein tiefdemütig lebenlanges – Lernen.

Das ist der Ast in deinem Holz,
an dem der Hobel hängt und hängt:
dein Stolz –
der immer wieder dich
in seine steifen Stiefel zwängt.

Du möchtest auf den Flügelschuhn
tiefinnerlichster Freiheit fliehn,
doch ihn
verdrießt so bitterlich
kein ander unabhängig Tun.

Er hält dich fest: da stehst du starr:
dürrknisternd-widerspenstig Holz:
ein Stolz –
verstotzter Stock, ein sich
selbst widriger Hanswurst und Narr.

Du hast die Hand schon am Portal
und tastest nach der Klinke Hand
(denn noch erhellt sie dir kein Strahl).

Du wirst erst wach, wenn sie sie fand,
sei's dieses, sei's das nächste Mal; –
dann wirst du weiß stehn wie die Wand,

davor du lange dumpf geirrt;
und wie ein Leichnam hinfällt, wird
dein Leib hinfallen in den Sand.

Wer vom Ziel nicht weiß,
kann den Weg nicht haben,
wird im selben Kreis
all sein Leben traben;
kommt am Ende hin,
wo er hergerückt,
hat der Menge Sinn
nur noch mehr zerstückt.

Wer vom Ziel nichts kennt,
kann's doch heut erfahren;
wenn es ihn nur brennt
nach dem Göttlich-Wahren;
wenn in Eitelkeit

er nicht ganz versunken
und vom Wein der Zeit
nicht bis oben trunken.

Denn zu fragen ist
nach den stillen Dingen,
und zu wagen ist,
will man Licht erringen;
wer nicht suchen kann,
wie nur je ein Freier,
bleibt im Trugesbann
siebenfacher Schleier.

Was klagst du an
die böse Welt
um das und dies?
bist du ein Mann,
der niemals Spelt
ins Feuer blies?

Hat Haß und Harm
und Wahn und Sucht
dich nie verführt,
daß blind dein Arm
der Flammen Flucht
noch mehr geschürt?

Was dünkst du dich
des unteilhaft,
was Weltbrand nährt!
Zuerst zerbrich
die Leidenschaft,
die dich noch schwärt.

In dich hinein
nimm allen Zwist,

der Welt sorg nit;
je wie du rein
von Schlacke bist,
wird sie es mit.

Das bloße Wollen einer großen Güte
ist ganz gewiß ein hohes Menschentrachten.
Doch es erhebt sich erst zur vollen Blüte,

wenn Gnaden eines seherisch Erwachten
den Kosmos nachtentleitetem Gemüte
als Geisterkunstwerk zum Bewußtsein brachten.

Dann wächst aus Riesenschöpfungsüberblicken,
aus Aufschau zu verborgnen Bildnersphären,
aus Selbstmiteinbezug in deren Stufen –

ein Mitgefühl mit dieser Welt Geschicken,
das mehr als dunkle Herzenstriebe nähren,
das höchste Götter mit ans Werk berufen.

Bedenke, Freund, was wir zusammen sprachen.
War's wert, daß wir den Bann des Schweigens brachen,
um solche Nichtigkeiten auszutauschen?

So schwätzen wohl zwei Vögel miteinander,
derweil in unablässigem Gewander
des Stromes strenge Wogen meerwärts rauschen.

Erwacht in dir nicht ein Gefühl der Leere,
erwägst du, wie so auftut Jahre, Jahre
nichts als Geschwätz aus dir sich und dem andern,

indessen nach der Gottheit Schoß und Meere
der Geistesweisheit sternenspiegelklare
Gewässer ruhlos und gewaltig wandern?

An eine Freundin

»Laß den Helden in Deiner Seele nicht sterben!«
Welkst du hin wie die Blume, der Baum im Herbst, –
höre nimmer doch auf, um den Kranz zu werben!

Alle andern Kränze bleiben zurücke,
schwinden hin wie die Glieder, die sie bedecken …
Dieser bleibt dir allein auf der großen Brücke –

hält dir droben die Geisterstirn noch umschlossen;
und dereinst, wenn du wieder hinabgestiegen,
wirst du gehn, wie von heiligem Schein umflossen.

Einen Freund über seinen Liebeskummer zu trösten

Wir müssen immer wieder uns begegnen
und immer wieder durch einander leiden,
bis eines Tages wir das alles segnen.

An diesem Tage wird das Leiden weichen,
das Leiden wenigstens, das Blindheit zeugte,
das uns wie blinden Wald im Sturme beugte.

Dann werden wir in neues Ziel und Leben
wie Flüsse in ein Meer zusammenfließen,
und kein Getrenntsein wird uns mehr verdrießen.

Dann endlich wird das »… suchet nicht das Ihre«
Wahrheit geworden sein in unsern Seelen.
Und wie an Kraft wird's uns an Glück nicht fehlen.

Der Kranke:

»Oft zu sterben wünscht ich mir ...
Und wie dankbar bin ich doch,
daß ich leb und leide noch
im gesetzten Nun und Hier.

Bleibt mir doch damit noch Zeit,
abzubauen manch Gebrest,
komm ich nimmer auch zum Rest,
werd ich besser doch bereit.

Wenn ich jetzt nicht wirken kann,
helf ich also doch dem Mir,
das dereinst nach Nun und Hier
wirken wird im Dort und Dann.«

(An viele)

Ihr kennt sie, die Leidenschaft,
die uns verbindet:
Helfen, helfen, mit einer Kraft,
die alles überwindet.

(An manche)

Ihr kennt es, das harte Leid,
heißt es entsagen,
mitzuwirken im Sturm der Zeit
zu neuem Gottestagen.

(An einige)

Ihr kennt den Trost, der enttrübt,
die fern den Schranken: –

Werden draußen Taten geübt,
entsenden sie – Gedanken.

»Brüder!«

Lied für ein neu Gesangbuch studierender Jugend

»Brüder!« – Hört das Wort!
Soll's ein Wort nur bleiben?
Soll's nicht Früchte treiben
fort und fort?

Oft erscholl der Schwur!
Ward auch oft gehalten –
doch in engem, alten
Sinne nur.

Oh, sein neuer Sinn!
Lernt ihn doch erkennen!
Laßt doch heiß ihn brennen
durch euch hin!

Allen Bruder sein!
Allen helfen, dienen!
Ist, seit ER erschienen,
Ziel allein!

Auch dem Bösewicht,
der uns widerstrebet!
Er auch ward gewebet
einst aus Licht.

»Liebt das Böse – gut!«
lehren tiefe Seelen.
Lernt am Hasse stählen –
Liebesmut!

»Brüder!« – Hört das Wort!
Daß es Wahrheit werde –
und dereinst die Erde
Gottes Ort!

Ich habe den MENSCHEN gesehn in seiner tiefsten Gestalt,
ich kenne die Welt bis auf den Grundgehalt.

Ich weiß, daß Liebe, Liebe ihr tiefster Sinn,
und daß ich da, um immer mehr zu lieben, bin.

Ich breite die Arme aus, wie ER getan,
ich möchte die ganze Welt, wie ER, umfahn.

IV

Gib mir den Anblick deines Seins, o Welt ...
Den Sinnenschein laß langsam mich durchdringen ...

So wie ein Haus sich nach und nach erhellt,
bis es des Tages Strahlen ganz durchschwingen –
und so wie wenn dies Haus dem Himmelsglanz
noch Dach und Wand zum Opfer könnte bringen –
daß es zuletzt, von goldner Fülle ganz
durchströmt, als wie ein Geisterbauwerk stände,
gleich einer geistdurchleuchteten Monstranz:

So möchte auch die Starrheit meiner Wände
sich lösen, daß dein volles Sein in mein,
mein volles Sein in dein Sein Einlaß fände –
und so sich rein vereinte Sein mit Sein.

Ich bin aus Gott wie alles Sein geboren,
ich geh im Gott mit allem Mein zu sterben,
ich kehre heim, o Gott, als Dein zu leben.

Erst wurde ich aus Deinem Ich gegeben,
dann galt es dies Gegebne zu erwerben,
Dir als ein Du es Brust an Brust zu heben.

Da wollte Stolz es mittendrin verderben,
und es ward Dir, und Du warst ihm verloren ...
Bis daß Du übermächtig mich beschworen!

Da ward ich Dir zum andernmal geboren:
denn ich verstand zum erstenmal zu sterben,
denn ich empfand zum erstenmal zu leben.

Die Fußwaschung

Ich danke dir, du stummer Stein,
und neige mich zu dir hernieder:
Ich schulde dir mein Pflanzensein.

Ich danke euch, ihr Grund und Flor,
und bücke mich zu euch hernieder:
Ihr halft zum Tiere mir empor.

Ich danke euch, Stein, Kraut und Tier,
und beuge mich zu euch hernieder:
Ihr halft mir alle drei zu Mir.

Wir danken dir, du Menschenkind,
und lassen fromm uns vor dir nieder:
weil dadurch, daß du bist, wir sind.

Es dankt aus aller Gottheit Ein-
und aller Gottheit Vielfalt wieder.
In Dank verschlingt sich alles Sein.

Lucifer

»Ich will mein Licht vor eurem Licht verschließen,
ich will euch nicht, ihr sollt mich nicht genießen,
bevor ich nicht ein Eigenlicht geworden.

So bring ich wohl das Böse zur Erscheinung,
als Geist der Sonderheit und der Verneinung,
doch neue Welt erschafft mein Geisterorden.

Aus Widerspruch zum unbeirrten Wesen,
aus Irr-tum soll ein Götterstamm genesen,
der sich aus sich – und nicht aus euch – entscheidet.

Der nicht von Anbeginn in Wahrheit wandelt,
der sich die Wahrheit leidend erst erhandelt,
der sich die Wahrheit handelnd erst erleidet.«

Der Engel …

»Wo bist du hin? Noch eben warst du da –
Was wandtest du dich wieder abwärts, wehe,
nach jenem Leben, das ich nicht verstehe,
und warst mir jüngst doch noch so innig nah.

Ich soll hinab mit dir in deine Welt,
aus der die Schauer der Verwesung hauchen,
ins Reich des Todes soll ich mit dir tauchen,
das wie ein Leichnam fort und fort zerfällt?

Wohl gibt es meinesgleichen, eingeweiht
in eure fürchterlichen Daseinsstufen …
Doch ich bin's nicht. Nur wie verworrnes Rufen
erschreckt das Wort mich Eurer Zeitlichkeit.

Laß mich mein Haupt verhüllen, bis du neu
mir wiederkehrst, so rein, wie ich dich liebe,

von nichts erfüllt als süßem Geistestriebe
und deinem Urbild wieder strahlend treu.«

Licht ist Liebe

Licht ist Liebe ... Sonnen-Weben
Liebes-Strahlung einer Welt
schöpferischer Wesenheiten –

die durch unerhörte Zeiten
uns an ihrem Herzen hält,
und die uns zuletzt gegeben

ihren höchsten Geist in eines
Menschen Hülle während dreier
Jahre: da ER kam in Seines

Vaters Erbteil – nun der Erde
innerlichstes Himmelsfeuer:
daß auch sie einst Sonne werde.

Faß es, was sich dir enthüllt!
Ahne dich hinan zur Sonne!
Ahne, welche Schöpfer-Wonne
jedes Wesen dort erfüllt!

Klimm empor dann dieser Geister
Stufen bis zur höchsten Schar!
Und dann endlich nimm Ihn wahr:
Aller dieser Geister Meister!

Und dann komm mit Ihm herab!
Unter Menschen und Dämonen
komm mit Ihm, den Leib bewohnen,
den ein Mensch Ihm fromm ergab.

Faßt ein Herz des Opfers Größe?
Mißt ein Geist dies Opfer ganz? –
Wie ein Gott des Himmels Glanz
tauscht um Menschennot und -blöße!

Wie macht ich mich von DEINEM Zauber los
und tauchte wieder nieder in die Tiefe
und stiege wieder in des Dunkels Schoß,
wenn nicht auch dort DEIN selbes Wesen riefe,
an dessen Geisterlicht ich hier mein Sein,
als wie der Schmetterling am Licht, erlabe,
doch ohne daß mir die vollkommne Gabe
zum Untergang wird und zur Todespein.

Wie könnte ich von solcher Stätte scheiden,
wo jeder letzte Glückestraum erfüllt,
verharrte nicht ein ungeheures Leiden,
sogar von diesem Himmel nur – verhüllt.
Und da mir dessen Stachel ist geblieben,
wie könnt' ich nun, als brennend von DIR gehn,
um DICH in jener Welt noch mehr zu lieben,
in der sie DICH, als Sonne, noch nicht sehn.

Von Liebe so von DIR hinabgezwungen
vom Himmel auf die Erde, weiß ich doch:
nur immer wieder von DIR selbst durchdrungen,
ertrag' ich freudig solcher Sendung Joch.
DU mußtest DICH als Quell mir offenbaren,
der unaufhörlich mir Erneuung bringt.
Nun kann ich auch gleich DIR zur Hölle fahren,
da mich DEIN Himmel ewiglich verjüngt.

Da nimm. Das laß ich dir zurück, o Welt ...
Es stammt von dir. Es sei von neuem dein.
Da, wo ich jetzo will hinaus, hinein,
bin ich nicht mehr auf dich gestellt.
Da gilt der blasse Geist allein,
den ich mir formte über dir
ach, nur wie einen blassen Opferrauch, –
da gilt nur noch der ach, so schwache Hauch,
der von dem CHRISTUS lebt in mir.

Hymne

Wie in lauter Helligkeit
fließen wir nach allen Seiten ...
Erdenbreiten, Erdenzeiten
schwinden ewigkeitenweit ...

Wie ein Atmen ganz im Licht
ist es, wie ein schimmernd Schweben ...
Himmels-Licht – in Deinem Leben
lebten je wir, je wir – nicht?

Konnten fern von Dir verziehen,
flohen Dich, verbannt, verdammt?
Doch in Deine Harmonien
kehren heim, die Dir entstammt.

Ich hebe Dir mein Herz empor
als rechte Gralesschale,
das all sein Blut im Durst verlor
nach Deinem reinen Mahle,
o CHRIST!

O füll es neu bis an den Rand
mit Deines Blutes Rosenbrand,
daß: DEN fortan ich trage
durch Erdennächt' und -tage,
Du bist!

R

Die Sonne will sich sieben Male spiegeln,
in allen unsern sieben Leibesgliedern:
daß sie ihr siebenmal ihr Bild erwidern.

Die Sonne will uns siebenmal entsiegeln.

K

V

Im Baum, du liebes Vöglein dort,
was ist dein Lied, dein Lied im Grund?
Dein kleines Lied ist Gotteswort,
dein kleiner Kehlkopf Gottes Mund.

»Ich singe« singt noch nicht aus dir,
es tönt die ewige Schöpfermacht
noch ungetrübt in reiner Pracht
in dir, du kleine süße Zier.

Von zwei Rosen ...

Von zwei Rosen
duftet eine
anders, als die
andre Rose.

Von zwei Engeln
mag so einer
anders, als der
andre schön sein.

So in unzähl-
baren zarten
Andersheiten
mag der Himmel,

mag des Vaters
Göttersöhne-
reich seraphisch
abgestuft sein ...

Mond am Mittag

Der weite blaue Raum
im Mittagsonnenschein,
getrübt von keinem Flaum ...
Der weiße Mond allein

geistert in hoher Ferne,
der Stern des Eloah,
der sich vom Sonnensterne
verbannte, um von da

des Logos Licht zu strahlen,
bis daß er selber kam
und in den dunklen Talen
auf ewig Wohnung nahm ...

Der weite blaue Raum
im Mittagsonnenschein,
getrübt von keinem Flaum ...
Der weiße Mond allein

geistert in hoher Ferne ...

Wasserfall bei Nacht

I

Ruhe, Ruhe, tiefe Ruhe.
Lautlos schlummern Menschen, Tiere.
Nur des Gipfels Gletschertruhe
schüttet talwärts ihre
Wasser.

Geisterstille, Geisterfülle,
öffnet eure Himmelsschranke!
Bleibe schlafend, liebe Hülle,
schwebt, Empfindung und Gedanke,
aufwärts!

Aufwärts in die Geisterhallen
taste dich, mein höher Wesen!
Laß des Leibes Schleier fallen,
koste, seingenesen,
Freiheit!

II

Unablässig Sinken
weißer Wogenwucht,
laß mich, deine Bucht,
dein Geheimnis trinken.

Engel wölken leise
aus der Wasser Schoß,
lösen groß sich los
nach Dämonenweise.

Strahlen bis zum bleichen
Mond der Häupter Firn ...
Und auf Schläfer-Stirn
malen sie das Zeichen ...

Taufen gern Erhörten
mit der Weisheit Tau.
Und von ferner Schau
dämmert dem Enttörten.

GEDICHTE AUS DEM NACHLASS

Mensch Wanderer (1927)
(Auswahl)

1893–1896

Künstlerisches Glaubensbekenntnis

Ihr meint, ich könnte nicht bizarr sein,
in tollsten Sprüngen phantasierend,
nicht auch einmal mit Narren Narr sein,
auf einen Tag bei euch gastierend?

Ich könnt mich nicht kokett drapieren
mit Phrasen- und Gedankenfetzen,
mein Herz nicht selbst ironisieren,
und lachend Heiligstes verletzen?

Ich könnt nicht unbeholfen poltern
und plump und anmutlos mich spreizen,
nicht manches keusche Auge foltern,
verführerisch nicht manches reizen?

Ich könnt es wohl, wenn nicht nach Klarheit
und Schönheit meine Seele strebte,
und Abscheu vor Gedankenbarheit
und Mißgestalt sie heiß durchbebte.

Denn ich verachte das Gesindel,
das ohne Selbstzucht sich gebärdet,
das, gleich dem Säugling in der Windel,
jedweden, der ihm naht, gefährdet,

das jede Äußrung seiner Laune
als künstlerische Tat verteidigt,
voll Sucht, daß man als neu bestaune,
was jeden reifen Sinn beleidigt.

Es wird wie Spreu im Wind zerfliegen:
Denn nicht aus Willkür sind die Waffen,
mit denen wir die Zeit besiegen,
sie sind aus Maß und Kraft geschaffen.

Odysseus an seine Freunde

Bindet mich fest, Freunde,
drücket mir Wachs in die Ohren,
wenn meine Stunde kommt,
daß der Sirene Liebesseufzer
mich nicht bestricken.
O ich kenne ihr schmeichelnd Locken,
das mir wie Lenzluft
die Glieder löst.
Hemmt mir auch noch die Blicke, Freunde!
Daß nicht der Durst ihrer Lippen und Augen
mein Mark ausglühe,
daß nicht die braune Sehnsucht der Flechten,
der dunklen, schweren, warmen Flechten
meine Freiheit in Fesseln schlage –
wenn sie niederfallen
über die weißen weichen Arme …
Wenn sie sich ründen
über den weißen wogenden Brüsten …
Freunde! bindet mich siebenmal!
Frei will ich bleiben
von dieser Liebe!
Um meiner Freiheit willen
werft mich in Ketten.

Meine Kunst

Die Welt ist mein Stein,
aus dem ich mit drängendem Hammer
mir mein Grabmonument

tiefsinnig schlage.
Zu tausend Stößen
stemm ich den Meißel
gegen den harten Fels,
in Ritzen und Löcher
schütt ich den Sprengstoff
großer Gefühle.
Und doch wird es
ein Torso bleiben,
ein Block, vielbehauen
doch unvollendet ...
O daß es, wenn heiße Augen
einst zu ihm aufschaun,
wie jenes pygmalionische Bild
Leben gewönne,
hinunterstiege von seinem Sockel
umarmt, umarmend,
ein segnendes Lebendiges,
ein tiefbeglückendes,
einsamen Geistern
ein Trost.
Werbe, dränge, ringe mein Stahl,
zwinge den Fels!
Vielleicht daß doch
Baldurs Schönheit
einst sich aus ihm
erhöbe.

1897–1902

Der Kompromißler

»Ich hasse ihn –
das heißt – ich lieb ihn nicht –
das heißt – als Freund –

mein Nächster bleibt
er immerhin –
Zwar weiß ich,
daß es Christenpflicht,
noch mehr zu tun –
doch dazu komm ich kaum –
ich glaub nicht recht –
Mein Gott, vielleicht
kann man auch sagen:
Ich liebe ihn.«

An Dagny

Und werden wir uns nie besitzen,
so will ich Deinen Namen doch
ins Holz der Weltenesche schnitzen,
ein Zeugnis fernstem Volke noch.

So sollen tausend Herzen lesen,
die gern ein kleines Lied beglückt,
was Du dem Einsamen gewesen,
wie Du ihn innerlichst entzückt.

Nomen – Omen?

Ward ich, Brüder, wohl geschaffen,
euch mit Licht zu kränzen,
eure Fahnen, eure Waffen
silbern zu beglänzen?

Ja, von jenem Frühgestirne,
das die Morgenwandrer kennen,
fühl ich mir in Herz und Hirne
einen Funken brennen.

In der Zeitnachtnebel Brauen
laßt mich euch vom Tage künden –
Seht, das ungeheure Grauen
will sich schon entzünden!

So sagt der Ort

Mein liebes Kind, an das ich Tag für Tag,
so sagt der Ort, ein Liebesliedchen schicke,
nun hat mein Umgang dich, so sagt der Ort,
in eine schreckliche Gefahr gebracht.

Man denke, ein erwachsnes junges Paar,
so sagt der Ort, das sich sechs Monde nun,
wer weiß wie oft, so sagt der Ort, gesehn
und sich noch nicht verlobt hat, sagt der Ort!

Entsetzlich, sagt der Ort, er geht ins Haus
der Eltern ohne Absicht, sagt der Ort,
und plaudert dort und wärmt sich am Kamin
und geht dann wieder fort, so sagt der Ort.

Und sie, so sagt der Ort, sie sitzt dabei
und strickt, indem er spricht, so sagt der Ort.
Und schamlos, sagt der Ort, vergißt sie ganz,
wie unmoralisch doch dies alles ist.

Denn wir, so sagt der Ort, begreifen nicht,
was sich zwei Menschen so sechs Monde lang
zu sagen haben, ohne, sagt der Ort,
daß sich das einzig Schickliche begibt.

Das einzig Schickliche jedoch, so sagt
der Ort, ist Heirat, Heirat sagt der Ort.
Man meide sich entweder oder werd
ein Paar, so sagt der Ort, so sagt der Ort.

Mein Herz ist leer,
ich liebe dich
nicht mehr.

Erfülle mich!
Ich rufe bitterlich
nach dir.

Im Traume zeig
dich mir
und neig
dich zu mir her!

Erfülle mich
mit dir
auf ewiglich!

Ich trag's nicht mehr, –
ich liebe dich
zu sehr.

In einer Dämmerstunde wars einmal, daß mir
der Tod aus meines Spiegels Grund entgegensah,
ein junger Mann, gleich mir an Angesicht und Wuchs.
»Ich fürchte dich, mein großer Schatten, nicht«; sprach ich.
»Du hast mich allzu früh mit dir vertraut gemacht.
Ich weiß, du wirst mir nie im Schrecken nahn, noch je
das Antlitz dem verzerrn, auf dessen klarer Stirn
der stille Glanz gelassenen Sich-Bescheidens wohnt.
Du wirst mir einst als Bruder kommen, nicht als Feind.«

Porto fino, kleiner Hafen,
da wir uns im Frühling trafen.

Da geheim wie eine Mythe
unverhofft ein Glück erblühte.

Glück und Leid? Wer will es wissen?
Wehrlos ward ich fortgerissen,

daß sich eine oder scheide,
was zu Glück ward oder Leide.

Porto fino, kleiner Hafen,
da wir uns im Frühling trafen.

Du, was auch mein Schicksal werde,
bleibst mir ewig teure Erde.

Sie an ihn

»Es ist vielleicht das letzte Mal,
daß deine Hand in meiner ruht ...
So nah dein Blut an meinem Blut ...
O wüßtest du von meiner Qual!

Du aber lächelst hell und gut
mit deiner Augen stillem Strahl ...
Du Wandrer weißt nicht, wie es tut:
Es ist vielleicht das letzte Mal!«

Seltsam, wie dort im Spiegel die Lampe so mich schön dünkt!
Ein geisterhaftes Traumbild steht sie dort und leuchtet
und regt ein wunderlich Begehren nach sich auf.

Indessen hier ihr Urbild seine rohe Gestalt
ganz ohne Scham dem Auge aufdrängt in den Raum,
daß ich mit einem Faustschlag es zertrümmern möchte.

So tritt dir überall das bittre Widerspiel
von Bild und Wirklichkeit entgegen – ach warum –
warum zertrümmerst du den *Spiegel* nicht, du Tor!

Erkenne dich, bescheide dich bei dem, was dein.
Wer dankt's dem dunklen Steine, der im Unterbau
gewichtig sitzt, wenn er aus Sehnsucht nach der Sonne
zerbröckelt! Herzenswünsche sind ein ander Ding
als Schicksalspläne. Vorgezeichnet ist dein Riß.
So wirst du zugehaun und *so* ins Werk verbaut.

Und deine Freiheit ist allein, daß du erkennst,
wie dir geschieht und daß du dein Geschick mit Würde
wie ein dir selbst entsprossenes der Menge zeigst.

1903–1905

Der Triumphzug der Galathea
Villa Farnesina

Verweile doch –! Und sie verweilen.
Du mußt dem Meister nur vertraun.
Du fühlst es, wie sie schweben, eilen
und darfst sie dennoch ewig schaun.

Es teilt das Maß sich der Bewegung:
Dem Vor erwidert ein Zurück;
und stürzt dich jenes in Erregung,
gesellt ihr dies der Ruhe Glück.

Du siehst der Linie Widerstreben
und siehst es auch schon wieder nicht, –
nun ganz versunken hingegeben
des Künstlers seligem Gedicht.

Monte Testaccio

Auf der Römer Scherbenberg
bin ich stumm gestiegen,
sah Natur und Menschenwerk
rings im Kreise liegen.

Eine Blume pflückt ich rot
wie im reichsten Garten
und die weichste Wiese bot
Stätte meinem Warten –

Luft so klar und Licht so mild,
Ferne duftumwoben.
Ewigjungen Lebens Bild
grüßet mich auch droben.

Und doch, seltsam! unter mir
Scherben, nichts als Scherben,
und ein Kreuz als rechte Zier
über all dem Sterben.

Schaudernd griffs mich selbst wie Tod
überm Graus der Krüge –
Auge hell und Lippe rot,
wärt auch ihr nur Lüge?

Wär auch ich nur Scherbenbrast
freundlich nur verkleidet,
der dem Spaten, der ihn faßt,
bald den Stich verleidet?

Gierig sog ich Luft und Licht ...
Nein, Dämonen werben!
Nein, noch sind wir Scherben nicht,
ging auch viel in Scherben.

Noch ist vieles ganzer Stein,
Urgestein voll Stärke.
Und was blüht auf meinem Rain,
sind nicht Lügenwerke!

Saß dann lang noch, sank in mich ...
Wär doch Schutt dein Leben – –
selbst auf Schutt noch kannst du dich
über die Welt erheben.

Wir alle sind die Erben dunkler Ahnen.
Was in uns spielt, was in uns treibt, wer weiß es;
wer kennt es, was Natur geheimen Fleißes
in uns gehäuft aus längst entschwundnen Bahnen.

Mit Taten und Gedanken hell am Tage –
so wandern wir, so sieht die Welt uns wandern, –
und sind vielleicht die Schlüssel nur zu andern;
und unser bleibt Verwundrung nur und Frage.

Mensch Wanderer

Vergessenheit –
auch wieder *höchstes* Wort!
Sichselbstvergessen im Gefühl des andern ...
Und müßt ich hunderttausend Meilen wandern,
ich wüßte Beßres nichts als diesen Ort.
Denn »meine« Heimat ist mir oft gar leid.

Hinweg, hinaus! …
Ist jede Herberg zu?
Will niemand mich dies süße Fremdsein lehren?
Und sei's nur, stolzer wieder heimzukehren –
nur Einen Tag ein Du zu sein, ein Du!
nur Einen Tag in eines andern Haus!

Erkenne dich! …
Wer tritt denn niemals ein? …
Wem Abschied auf der Stirne steht geschrieben,
er läßt sich selbst ja nur als Wandrer lieben,
er wird nie nirgends ganz zuhause sein,
er hat nur Ein Zuhaus auf Erden: Sich.

Schlimmer Besuch

Gestern kamen sie zu mir
und saßen mir im Gemach
und nahmen Kraft und Ruh mir
und stürzten mich in Schmach.

In ihren Schleiern traten
sie ein und sahen mich an:
die ungetanen Taten,
die ich nie tuen kann.

Und als sie täten wandern
nach manchem bittern Wort,
da waren auch die andern,
die schon getanen, fort.

Moabiter Zellengefängnis

Tag und Nacht vorüber rollen
ungezählte Stadtbahnzüge
an der Jammers übervollen
zwinggetürmten Burg der Lüge –

Drin die Auserwählten schmachten
unsrer Schuld und unsrer Fehle,
jener Teil von unsrer Seele,
den wir so versinken machten.

Unaufhörlich lauscht ihr trüber
Sinn der Lebens-Kantilene.
Doch die Züge gehn vorüber,
und nicht einer denkt an jene.

Sylt – Rantum

Weil ich nur dieses Donnern wieder höre,
dies Mahlen einer ungeheuren Mühle,
weil ich nur diesen Flugsand wieder fühle
und dieser Möwen Ruhe wieder störe!

Du abendliche Klarheit dort im Westen,
sei mir ein Bild von naher Tage Glück.
Still leg ich mich ins Dünengras zurück.
Nicht wie *ich* will, – wie *Es* will, ists am besten.

Das Wörtlein

Kürzlich kam ein Wort zu mir,
staubig wie ein Wedel,
wirr das Haar, das Auge stier,
doch von Bildung edel.

Als ich, wie es hieße, frug,
sprach es leise: »Herzlich.«
Und aus seinem Munde schlug
eine Lache schmerzlich.

Wertlos ward ich ganz und gar,
riefs, ein Spiel der Spiele,

Modewort mit Haut und Haar,
Kaviar für zu viele.

Doch ich wusch's und bot ihm Wein,
gab ihm wieder Würde,
und belud ein Brieflein fein
mit der leichten Bürde.

Schlafend hats die ganze Nacht
weit weg reisen müssen.
Als es morgens aufgewacht,
kam ein Mund – es – küssen.

Die Stadt aus Elfenbein

Bau mir die Stadt aus Elfenbein,
die Silberflut umschäume!
Durchs Tor der Träume zieht man ein …
Bau mir die Stadt aus Elfenbein,
die Stadt der Träume!
Die ungebornen Geister auch
begehren ihr Gefilde.
Erschaffe Welt zu ihrem Brauch, –
die ungebornen Geister auch
begehren Weltgebilde.

Auf sieben Hügeln baue sie,
die Silberflut umsäume;
die Elfengeister-Kolonie –
auf sieben Hügeln baue sie,
die Stadt der Träume!

Auf den Tod meiner kleinen Weckeruhr

Hört, mein Wecker ist gestorben!
Armer Kerl, ihm brach die Feder.
Hm, so endet schließlich jeder; –
doch er hatte meine Lieb erworben.

Denkt euch, viele tausend Stunden
Tag und Nacht der gleichen Seele
vorzuhalten: »Wähle, wähle!
Bald ist deine Zeit entschwunden.

Wähle, wähle, durch das Viele
mußt du deine Schritte schlängeln;
zwischen Teufeln hin und Engeln
wandre still und stät zu deinem Ziele!«

Langsam ward ich der Entdecker
meiner selber, caro mio.
Wackrer Weggesell, addio!
Kleiner, blanker, braver Wecker!

Lied an die Dämmerung

Dämmrung, dich lieb ich –
denn in dir
bin ich bald hier,
bald dort,
tausch ich den Ort
so viel viele Mal …
Dämmrung, dich lieb ich.

Dämmrung, dich lieb ich –
deine Hand

wandelt mir Land
und Zeit,
führt mich weit, weit
über Berg und Tal ...
Dämmrung, dich lieb ich.

Dämmrung, dich lieb ich –
Welt steigt auf,
der mich mein Lauf
entriß ...
o Finsternis –
du Bildersaal! ...
Dämmrung, dich lieb ich dich.

Russischen revolutionären Brüdern und Schwestern

Dem Tage fern, wie fern politischem Getrieb,
nur etwa so wie einer, der sein Turmgemach
abschreitet und bei jedem zehnten Schritt
einmal ans Fenster kommt und einen Blick
hinunterwirft, doch manchmal hälts und faßt ihn an
wie Krampf und schluchzend wallt ihm Liebe auf
und Haß und jede Regung aufgerührter Menschlichkeit –
so an dem Fenster meiner Einsamkeit
bin ich bei jedem zehnten Schritt bei euch.
Und Haß, unbändiger Haß, wie der nur hassen kann,
der *sich* im Gegner haßt, *sein,* als des Gotts,
noch dumpf im Starrsinn widerstrebend Teil,
und Liebe, wie nur der die Menschen liebt,
dem sie nicht außer, dem sie in ihm sind,
hält fest vor eurem Volk mich wie ein Krampf.

Ihr Tore der Gefängnisse …

Ihr Tore der Gefängnisse,
ihr düstern Tore, tut euch auf!
Ihr Herzen voller Bängnisse,
voll friedloser Bedrängnisse,
an meinem Liede ruht euch auf!

Ihr tragt nicht Schuld an eurer Tat,
wie ich nicht Schuld an meiner trage,
ob auch der Richter hoher Rat,
ob auch der Tugendhaften Staat
euch noch so fürchterlich verklage.

Ihr seht nur euch. Wir aber schauen
das Menschenmeer, das euch gebar.
Wer darf sich unter finstern Brauen
des Blickes: Schuldiger! getrauen?
Wer überragt euch nur ein Haar?

Wir sollten euch nur Eines lehren,
erwartet euch kein Morgenrot:
Ein tief die Wende all der Not,
die ihr euch selber seid, Begehren,
ein brünstig Sehnen nach dem Tod.

Bis einst die tränenreiche Erde,
zu höherer Vernunft gereift,
sich an die kranken Wurzeln greift,
und sich in langem neuem Werde
den Aussatz von den Gliedern streift.

Notwendigkeit

– und Notwendigkeit ist auch nur ein Kleid

Notwendigkeit ist wie ein Riesenmantel,
von unsrer Not um Gottes ewigen Leib
geschlagen –
doch:
er reicht nicht zu,
nicht oben und nicht unten:
Die Sohlen Gottes
wandeln drunter hin,
und drüber ragt, unfaßbar frei,
sein Haupt.

Notwendigkeit ist nur der Mantel, den
wir um uns selber ziehn, die Todesnot,
in die uns unser eigen Anschaun stürzte,
von uns zu wenden –
denn die Nacktheit des
Geheimnisses bringt wie ein Blitz
den Tod.
Doch drunten unsre Sohlen, ungesehn,
und unsre Scheitel, ungesehn, die beiden
erreicht kein Mantel mehr.
Dort sind wir –
frei.

König Midas

I

Den Gott im Haupte spürend wie ein Wild –
wo bet ich an? Bet ich mich selber an? …
Baut einen Tempel mir als wie ein Hirn,
mit Gängen, Kammern, Höhlen wie ein Hirn,
daß ich mich wie in meinem eignen drin
verliere … Doch, wo säh ich endlich – Mich?

Wo auch in diesem Labyrinth Mich-Ihn?
O Mensch, vernimm, dein Nam ist König Midas:
Wohin du greifst, wird alles Bild, Bild, Bild;
ergreifend selber *bildest* du auch schon.
Wirf denn der Ahnung Dämmer über dich,
und drängt sein Wunder dich in das Geheimnis,
verweile dort und fühl es wortlos aus!

II

Nein, wortlos nicht. *Sei* Midas, der du bist!
Und wandle denn, wonach du greifst, zu Gold.
So tat der Grieche. Und so ward er groß.
So wie das Unerfaßliche sich Dich zur Form
geschaffen, schuf er sich zur Form für es;
sich holte er bewußt und unbewußt
aus jeglichem Geheimnis wieder, prägte
mit seinem Antlitz, was ohn Antlitz war,
verschwendete den Gott in sich an alles,
was ihm entgegenkam, bis es wie er
mit Götterzunge widerredete.

Nein, wortlos nicht! Nicht ins Zerfließende!
Mensch-Bildner, bilde denn – stell um dich her
die Welt als Kunstwerk! Sei aus Inhalt Form,
aus Seele Leib, aus Gottestiefe Mensch!
Und deiner Liebe allerhöchstes Wort
sei: Laßt den Gott uns bilden, der wir sind.

Drei Bilder

Drei Bilder nenn ich euch, drei Gleichnisse
des Alls mit seinen unzählbaren Welten:
Zersprengten Kalkwurf über dunkle Wand.
Den Apfelbaum, in seiner Äpfel Fülle
unüberschlagbar dem erstaunten Blick.
Und dies: Nach einem Sommerregen einst

erblickt ich einen runden Gartentisch
von perlgewölbten Tropfen dicht besternt.
Erschüttert, ja erschüttert; denn so groß
war dieses Bilds Gewalt; besann ich mich
der Freunde, rief sie, doch im Rufen schon
ergriff mich's: Nein, sie sehen's nicht wie du!
Und nichts, nichts! wehrt ich ab und trat allein
zum Tisch hinwiederum und wußte mich
zu fassen nicht vor schauerndem Gefühl.
Und heut noch seh ich dieses Tisches Schild
wie ein Sinnbild vor mir, wie ein Abbild
von einem Weihgeschenk – von Hierarchien,
von Schöpfergeistern – an ihr ewiges Haupt …

Ein Goyascher Albdruck

Selbstgespräche Gottes, des Teufels

I

Dies wisse, daß mein ungeheurer Haß
wider mich selbst mir all die Marter eingibt
wider mich selbst. Mit fürchterlicher Faust
will ich mir selbst die Knochen brechen, will
mir selbst das Hirn zerspritzen, mir,
der ich nicht lassen kann zu leben, mir,
der ich nicht sein will und doch nicht Gott sein kann.

II

Sieh her, dies bin ich! Schau mich aus mir an!
Ich riß dich mit hinein in mich. In mir
als Weltall schlepp ich von Geburt dich zu Geburt –
Myriaden Sonnen ward ich, Ich und Du,
in furchtbarer Umschlingung. Bist du nun
endlich besiegt? Erkennest mich in dir
als deinen Meister, deines Schicksals Herrn?
So sprich doch halt! zu mir, so wirf mich doch

zu Boden, daß im selben Augenblick
das Herz des Lebens stockt, so spei mich doch
wie Unrat aus – mein Herr und Gott! Du schweigst!
So komm denn weiter. Ewigkeiten sind
noch mein. Doch einmal werd ich wohl den Tag
ertrotzt sehn, – wo du in mir aufstehst und
mich tötest – und in mir: Dich selbst zugleich!

Der Sprachkritiker

Ins Innre der Natur dringt kein erschaffner Geist.
So wenig, wie ein Aar je ausforscht, wie ›er heißt‹.

Geist ist nur Heißen; Heißt, so schrieb sich besser Geist.
Der Heißt heißt alle Ding (doch Ding ist auch nur Heißt).

Du suchst nach neuem Wort; so bild's doch, Philosoph!
Du bleibst so oder so Narr an der Sprache Hof.

Und schriebst du Zeichen gleich phantastisch in den Sand:
Sie wären ohne sie, die Sprache, ohn Verstand.

Und schwiegst du ganz, so wär dein Schweigen auch nur Wort.
Erst wer auf immer schweigt, erfährt der Wahrheit Port.

Doch ist ein Trost: Es ist so ›Narr‹ wie ›Wahrheit‹ auch
nichts andres wie ein Wort, nichts Beßres als ein Hauch.

Sei fröhlich drum, o Mensch, von keinem Wort gebeugt,
du über allem Wort, du, was das Wort erst zeugt.

Unvorstellbar – dies Wort, es sei dir Worts genug.
O fühltest du dies ganz, dein Leben wäre Flug,

du trügst das Haupt so stolz, als schläng ein Reif sich drum,
du frügst dir nicht mehr nach, du schrittest hoch und stumm.

Laß forschen, wem ein ›Grund‹ den ›König‹ erst erlaubt;
du spürtest, wer du bist, jenseits von ›weiß‹ und ›glaubt‹.

Geheiligt wär fortan dir alles Ich wie Du,
und deiner Weisheit fiel ein Volk von Königen zu.

Stimme aus der Stille

Noch fehlt der zwölfte Vers. Er heißt (– Ich spricht
zu sich –):
Du zeugtest nicht das Wort; das Wort – es zeugte dich.

Meinungs-Moment

Der Gott, den ich meine, ist Fülle,
er rechnet nicht: Unglück und Glück;
er wagt und verwirft jede Hülle
und blickt kaum zurück.

Sein Tag ist Schaffen, Schaffen,
ein Meer, das ewig kreißt;
zu mächtigem Werkzeug und Waffen
baut er sich Leib und Geist.

Er ringt um sein eigen Verständnis,
schleift Linse um Linse auf sich –
und dies ist sein jüngstes Bekenntnis:
es gibt kein Ich denn – Mich.

Der überzählige Tag

Wer hätte sich nicht schon in einem Tag geirrt!
So glaubt ich heut der Woche ersten Werkeltag
und seh und höre, daß erst – Sonntag ist.
Mir wird, als gäb man mir den Tag zurück:

»Behalt ihn Freund, verkauf ihn auf dem Markt,
als Phantasieprodukt; die Wirklichkeit
hat keinen Brauch für ihn.« Ich steh beschämt
mit einem Ding, das niemals war noch wird,
mit einem Balg aus eitel Irrtum; – doch
ich wär kein Dichter, wüßt ich nicht zuletzt
doch noch Verwendung für die Mißgeburt.
Anfüllen will ich ihn, den Geistertag,
mit allem, was ich je an Wüstem tat,
mit aller Häßlichkeit und Niedrigkeit,
die je in mir gewohnt, aus mir geblickt ...
Und so, bis an den Rand voll trüber Fracht,
verstoß ich ihn dorthin, wo niemand haust
aus aller Wirklichkeit hinaus – ins Nichts.
Da lös er sich im ewig Leeren auf –
indes mich selbst, mich noch ganz Wirklichen,
der Sonn- und Sonnentag der Wirklichkeit
als neugebornen Sohn zurückempfange.

Progressus Dei

Tag für Tag begegnen mir am Morgen
schwarze Lämmer, gleich ›Ideen des Bösen‹,
und ich denke nach, sie zu erlösen;
doch sie haben wahrlich andre Sorgen.

Wollen alles eher, als erlöst sein,
nicht von ihrem Leib, noch ihrer Seele.
Doch gar bald wird ihre Haut entblößt sein
und gar bald durchschnitten ihre Kehle.

Denn so löst man schließlich das Problema:
Man zerbricht sie wiederum zu Erde.
Weiter muß der Gott, das ist das Thema.
Auch der Mensch muß sterben, daß ER werde.

Gletscherschliff

Fels, auf dem Äonen durch
Gletschereis sich schob und wand,
heute streicht dein grau Gefurch
warme Menschenhand.

Schlief auch ich einst, Stoff, wie du
dumpf und unbefreit,
harrte in erhabner Ruh
meiner fernen Zeit? …

Und nun steh ich, späte Frucht,
seltsamer Gewinn,
streiche über Zug und Flucht
krauser Runen hin …

Trinklied

In die Berge fuhr mein Leib
einen Quell zu schlürfen.
Doch die Seele auch, sein Weib,
hegte ihr Bedürfen,
und verschrieb sich aus dem Ofen,
der Berlin ist im August
(da auch sie schwach auf der Brust)
Günthers Strophen.

O wie mundete ihr baß
diese helle Tränke!
Leib wie Seele, jedes saß
froh vor seiner Schänke.
Fried und Freud in beiden wohnt,
liebten sich wie Senn und Sennin,
lebten nie so herrlich denn in
diesem Mond …

Listig so verbinde drum
Leib- und Seelenfreuden
und du wirst nicht finster-stumm
deinen Tag vergeuden.
Folg dem inn- und äußern Winke.
Hundert Quellen allezeit
sind zu stärken dich bereit:
Trinke, trinke!

Mein Ofen

Mein Ofen ist ein weißer Bär
mit einem roten Rachen;
wir hören gern – er meine Mär
und ich sein Knisterlachen.

Er kennt mich gut, der schlaue Christ,
als seinen Philosophen;
er meint, daß mir die Sonne ist
auch nichts als wie ein Ofen.

Ein Ofen, der dem Wandelball
sein Dichterleben längert,
ein Eisbär, dessen Schlund das All
mit Feuerodem schwängert.

Das Tal von Meran

O nirgends, nirgends bist du so geborgen
wie hier im Tal, in das die Nacht
voraus die dämmerblauen Schleier warf!
Die Gipfelkämme dämmern düster-scharf
des Himmels letzten, todesblassen Morgen:
sie fühlen sich mit jedem neuen Glühen,
das hier und dort in ihrem Schoß erwacht,
ein eigen heimlich Abendreich erblühen.

Die Stangen mit den Drähten summen laut.
Du bleibst an einer stehen, lange, lange
und drückst das Ohr an ihre braune Wange
und fast den Mund – so treu und tiefvertraut
besänftigt ihr Gesang dein schmerzlich Sinnen.
Der Wind, die Seelen, die im Winde sind,
sie singen dich in Schlummer wie ein Kind;
und ein Gefaßter wanderst du von hinnen.

Die lieben Häuser – wie sie schützend stehn,
von Berg und Dämmer selber schutzumgeben!
Die liebe Stadt – voll Anmut hingebreitet!
Du fühlst: wie furchtbar auch das Leben schreitet,
das große Leben und der große Gott,
sie werden dies geheime Tal umgehn;
und fern der Weltgeschichte Kriegestrott
wird Friede hier sein schönes Haupt erheben.

(Niblum)

Zu Niblum will ich begraben sein,
am Saum zwischen Marsch und Geest.
Dort holt mich wohl einmal die Nordsee heim,
die immer meine Mutter gewest;
holt mich in ihre Tiefen heim,
die immer meine Mutter gewest.

Ich hör den Wind nicht rauschen,
daß ich nicht dächte dein,
muß immer nur liegen und lauschen,
die Augen schließen und lauschen
in sein Gebraus hinein.

Er kommt über dich gestrichen
und trägt so herben Duft,
mit Tönen heimatlichen
erfüllt sich rings die Luft:

die Boote zerren am Pflocke,
die Brandung schlürft und zischt,
und fernher summt eine Glocke
von Amrum über den Gischt.

Zu Niblum will ich mich rasten aus
von aller Gegenwart.
Und schreibt mir dort auf mein steinern Haus
nur den Namen und: ›Lest Lagarde‹!
Ja, nur die zwei Dinge klein und groß:
diese Bitte und dann meinen Namen bloß.
Nur den Namen und: ›Lest Lagarde‹.

Das Inselchen Mutterland dorten, nein,
das will ich nicht verschmähn.
Holt mich doch dort bald die Nordsee heim
mit steilen, stürzenden Seen –
das Muttermeer, die Mutterflut ...
o wie sich gut dann da drunten ruht,
tief fern von deutschem Geschehn.

Das Bürgerliche und die Krankheit

Mich ekelt all dies Bürgerliche rund,
worin ich immer wieder mich verstricke.
O Einsamkeit, o Freunde – Euer Mund
ist gut und gut sind Eurer Augen Blicke.
Ihr tut mir viel und doch nur soviel kund,
daß oft genügt, wenn ich nur Antwort – nicke.
Ihr zähmt und lähmt mir nicht, ohn daß ich's merke,
den Ernst zum Leben und die Kraft zum Werke.

O Krankheit, die mir nachfolgt, seit ich Mann,
was hemmst du mich, mich völlig auszuscheiden?
O kleine Armut, wann vorm Tode, wann,
erblüht des Ehstands erster Tag uns beiden!
Ihr drückt und stückt mich an den Nächsten an,

den just mein Lieben mir befiehlt, zu meiden.
O Einsamkeit, o Freunde, stumm zu wohnen
in Eurem Schoß! Ein Sprecher zu Legionen!

Der Täufer

Siehe! Das ist Gottes Lamm.
Dieser wird für unsre Sünde
sterben an des Kreuzes Stamm,
daß er allen Völkern künde:
Gott nimmt ihr Gebrest auf sich.
Daß fortan die Menschheit wisse:
Träger ihrer Finsternisse
ist nicht nur ihr kleines Ich.

Fisch und Wind

Wie der Wind
über das Wasser tanzt –
das weiß der Fisch
und bildet's ihm in hundert Schuppen nach ...
und zeigt's dem wieder
der ihn fängt,
zeigt's schillernd ihm –:
wie sein geliebter Fernhertänzer Wind
im Sonn- und Mondenschein
des Baches blanken Spiegel droben
hundertmuschelig
schuppt ...

Ihr ewigen Mächte

Ihr ewigen Mächte, denen ich verbunden bin,
ihr wart mir immer gut. Verlaßt mich nicht, auch nun
in Diesem. Denn ich bin nicht stark genug allein.

Zerbrecht dies Herz, ihr kennts, das Liebe nie zerbrach,
nie so zerbrach, daß all sein Eis hinschmolz, hinfloß:
helft mirs zerbrechen, und – zerbräch ich selbst mit ihm.

Wer bin ich

Laß mich nicht allein, denn es will Abend werden
und der Tag hat sich geneigt ...
Sieh, wie über aller Erden
Dunkels Ahnung schon voll Schwermut schweigt ...

Alle trachten nun nach ihren Herden,
deren Glut wie Atem sinkt und steigt – –
o du Brust, die sich zu mir geneigt,
bleibe mein; denn ich will Abend werden!

Bleib, und laß an dir mich inne bleiben
Lebensfeuers, wie es sinkt und steigt,
unbeirrt, so tief auch Weltnacht schweigt.

Sei mein Herd, der mir noch Heimat zeigt,
wann mein Menschen-Tag sich schauernd neigt
und die Sonnen an die Himmel schreiben:
WER BIN ICH.

Unerwartete Eröffnung

Ich möcht es wohl noch einmal mit dir wagen:
Springer: b/1 c/3 d/5 c/7!
Zumeist jedoch, es schlank herauszusagen, –
um nämlich deine lieben, lieben,

vor mir leicht auf den Tisch gestützten,
nachdenklich, spielerernsthaft – scherzhaft
(vom Spitzenärmel ungeschützten)
gekreuzten Arme plötzlich herzhaft –

zu küssen! Ja, just dies vorzüglich!
Doch freilich dann, geküßt sie habend,
auch sehr bereit, das Spiel der Inder

(zum wenigsten mit jenem füglich
vermischt – dem Spiel verliebter Kinder)
weiterzutreiben einen schönsten Abend.

Der Gottsucher

Die Traurigkeit der Ewigkeit erfaßt
mich Menschen, der ich außer Zeit und Raum
nichts denken kann. Selbst Gottes Bild verblaßt
im Unbeschränkten wie ein grauer Traum.

Wie groß ist Gott gedacht als ewiger Baum,
wie größer noch als Schöpfer ohne Rast,
wie tiefer noch vielleicht als Mann und Weib ...
Nun aber ist da wohl bloß Meerurschaum

(dem unaufhörlich Leib entsteigt auf Leib),
selbst formlos, ob auch aller Formen Schoß,
personausströmend, selbst doch nicht Person, –

nun aber wohl bloß Wille, wesenlos,
un-endlich wie ein ewiger Zyklon,
kein Ich, kein Selbst, – Person-heit, Gott-heit bloß.

Meraner Nachtliedchen

Darf sich die Bank heut noch ein Liedchen loben, –
sie, die ›mir wert?‹ ... Gewaltig gehn die Wasser
des Passer-Bachs ... Was tost sie so, die Passer?
Der Bergstrom tobt so, weil die Gletscher droben,

daher er kommt, der Südwind heut umschnoben,
so daß ihr Eisgefüge, naß und nasser,
dem es Umfasser und dann rasch Verlasser
sich doppelt willig ins Gefäll geschoben.

Der Süd. Du kennst ihn. Der Verwirrung bringet
in Mensch und Tier und Fels und selbst in Gletscher –
und heut auch mich so süß zu dir beschwinget ––

Daß ich hier träum, ein echter Ober-Etscher,
d. h. ein Mensch, der voll von Sonn und Weine,
sehr fern von Eurem ›Jedem hübsch das Seine‹.

Kodizill

Du Tor, du Narr, du Frevler! Deine Rede
sei ja und nein und nichts darüber. Meinst
du zu beherrschen schon das dunkle Einst?
und liegst noch hier mit jedem Tag in Fehde?

Doch! Ja! ich wag's, ich will's! Mit tiefem Ernst
will ich bis übern Tod hinaus Uns beide,
will, daß uns nichts mehr in Äonen scheide ...
bis uns vielleicht (wie Buddha meint) zufernst

Ein Himmel eint der Ineinanderruhe –
nach tausend Leben, tausend Leid und Lust,
verpilgert sind der Sehnsucht Wanderschuhe –

sich endlich – dürfend – öffnet Brust gen Brust –
und Zweier Herzen ineinander quillen,
gleich Dürsten, die sich nun auf ewig stillen.

Ein Haufe Blätter

Ein Haufe Blätter war ich heute Nacht,
vom Wind gewirbelt, Herbstlaub, krauses Laub,
das seine Form allein vom Wind empfing –

vom Wind geheimer Angst. ... Wie eine Säule,
so wuchs gen Himmel ich kraft jenes Hauchs,
und deckte wirr den Boden, blieb er fort.

1910–1914

Vielen hab ich abzubitten
und so sei's hiermit getan;
denn auch ich bin lang geschritten,
lang, durch eine Welt von Wahn.

Lange hab auch ich gescholten,
wie's Geschmack und Witz beschwor,
und der Mensch hat mir gegolten
mehr nicht als ein fremder Tor.

Bis ich immer besser merkte,
mehr und mehr von Hasse frei,
wie, was rings da um mich werkte,
Ein Werk mit dem meinen sei.

Und kein inniger Bedürfnis
vor versöhnter Seele stund,
als zu wenden all Zerwürfnis
in geschwisterlichen Bund.

Mystik, wie sie dir sich zeigt,
mag in Gottes Schoß dich führen,
wo der letzte Name schweigt.

Doch es scheut dein ganzer Sinn
vor dem Ewig-Namenlosen;
denn in dir lebt das ›Ich Bin‹.

Lebt der Gottheit Eigner Name,
das von Ihm gesprochne Wort,
göttlicher Entwicklungs-Same.

Der will wachsen fort und fort,
bis der Kranz der Sieben Rosen
blühet und das Kreuz verdorrt.

Sei drum nicht in Gottes Traum,
sei in Gottes Tat versunken!
Sieh hier Neuer Mystik Raum!

Anthroposophie

O Welt, – du armer Mensch,
der du nicht weißt,
was hier inmitten deiner
sich begibt.

Die wahre Größe dieser wirren Zeit
wird hier lebendig menschhaft dargelebt,
ein Stück erhabenster Geschichte rollt
hier vor uns ab – und wir sind mit in ihm!

O große Welt, du armer Muttermensch –
die (wieder einmal – o du Träumerin!)
nicht weiß, nicht ahnt,
was sich in ihr gebiert.

Der Zweifler

Ich weiß, warum ich mich verbeiße
ins bunte Schürzentuch der Welt,
daß du mich wirbeln kannst im Kreise
und doch mein Zahn den Fetzen hält.

Ich würde sonst verloren fallen
im leeren Raum, ein irr Gespenst,
denn sieh: ich glaube nichts von allen
den Geisterwelten, die du nennst.

Wer gibt dir Macht, davon zu sprechen?
Ich lasse nicht vom Jetzt und Hier.
Du mußt mir das Gebiß aufbrechen.
Ich bin um diesen Preis ein Tier.

Föhn

Es tönt in uns so sonderbar,
die Saiten sind so straff gespannt,
so reif zum Platzen wie ein Haar.

Wir gehn und stehn wie leichtgebannt
von irgend einer fremden Hand,
noch unbewußt, noch unbekannt.

Es geht der Tag, es geht die Nacht,
am Morgen weint ein leis Gestöhn
ums Haus … Wildkatzensammetsacht

beschleicht das Tal der Feind, der Föhn.

Schweigsame Nacht

O Sturmwind, recke deinen Flügel her!
Es ist um mich so namenlose Stille …
Und in ihr watet wie in einem Meer
mein Leid umher, – und machtlos blickt mein Wille

vom Ufer seinem stummen Irren zu.
O komm, du Föhn, und rege deine Flügel
und furche dieses Meer zu Tal und Hügel –
sonst kommt dies Herz heut nimmermehr zur Ruh.

An die Sonne

Aus dämmrigem Haus
ins Graue hinaus
biet ich den Gruß
der Tagwerde.

Tief noch im All
wartet der Ball
auf den säumigen Fuß
der Erde.

Treu ja, es neigt
mein Haupt sich, doch schweigt
mein Herz, mein Geist
wie in Starre.

Was bürgt mir, was,
daß mein Glauben, daß
mein Wissen, du seist,
mich nicht narre!

Ich schaue dich nicht,
du Heiliges Licht,
ich zweifle an
deinem Dasein.

Mich lähmt Verdruß;
ein Dämon muß,
ein Ahriman –
Alb mir nahsein …

Grau in Grau!
Schmerzliche Schau!
Ohnmacht, den Gott
zu glauben!

Eine Stunde vor Tag,
Herz denk es, vermag
dir Ihn also, o Spott!
noch zu rauben.

Entwickelungs-Skizzen *

I

Saturn, du fernsther dämmerndes Gebilde,
wie faß ich dich, du ganz noch Geist im Geiste,
in deiner ungeheuren Macht und Milde!

Denn als dein Leib noch in den Himmeln kreiste,
da war sein Wesen einzig Opferwärme,
die rings der grenzenlose Raum umeiste.

In sie versenkten sich die schönen Schwärme
göttlicher Meister, je nach ihren Gaben,
und bildeten die erste Menschen-Herme.

Und ganz wie Marmorhermen, ausgegraben,
bleich sind und stumm, doch, fällt auf sie ein Feuer,
sich seltsam wie Lebendige gehaben:

* Angeregt durch Rudolf Steiners Kosmologie.

So füllt am Ende deine Riesenscheuer
von Scheinlebendigen ein solch Gewimmel,
daß schal wird jedes Maß und jede Steuer –

Und da verschlingt dein Bildnis schon der Himmel...

II

Die Sonnengeister hatten sich getrennt
vom Erdenwerden; denn die Erdenwesen,
sie hemmten ihr geflügelt Element.

Sie waren längst zu höherem Sein genesen,
indessen jene sich noch schwer hinmühten,
zu solchem Sturm der Kraft noch nicht erlesen.

So in Legionen Rosenfeuerblüten
war eines Tags die Sonne fortgeflogen –
um uns fortan von außen zu bebrüten.

Wir aber, solcher Trennung höchst gewogen,
erfreuten uns zuerst der neuen Freiheit,
bis uns die Mondenkräfte abwärts zogen.

Ganz unerträglich drückte deren Bleiheit ...
Und also ging denn auch der Mond von hinnen
und schuf damit die schicksalsvolle Dreiheit –

Und nun erst konnten wir im Ernst beginnen.

III

Mond – – Jupiter! in seinen Händen wägt
der Mensch Euch. Von dem einen kommt er her,
zum andern will er hin und will damit
nur abermals in Mondenart hinauf:

nur daß im Jupiter der Alte Mond
zum Neuen Monde wird, sowie dereinst
im Venusstern die Alte Sonne sich,
und endlich der Saturn sich wiederholt.
Mond – – Jupiter! Traumhaftes Weben dort,
zu Leben, vollbewußt, gewandelt hier!
Geträumt in Bildern einst der Schöpfung Preis,
geschaut in Bildern dann der Schöpfung Rund!
Geträumt – – Geschaut! In Bildern beides wohl,
doch was für Bildern! Wenn du jetzt, o Mensch,
die Sterne zählst im tiefen Schoß der Nacht,
so ist dies Zählen Deine große Tat;
doch ach, dies Zählen, festgehalten wär's,
als Zwang, als ewiges Muß ein grauer Fluch!
Oh, nicht das Weltall, das wir jetzo schaun,
ist unsrer Heimat wahr und ganz Gesicht!
Dies heilige Antlitz, dem man nicht mit Maß
und Brillen länger nahn darf, als es ziemt,
es auch mit Maß und Brille zu begreifen,
es wird uns endlich wieder schimmern, wie
dereinst im Traum, so dann in wacher Schau.
Und ein Verstehn – wo früher nur ein dumpf
Empfinden war, ein ahnendes Verstehn
der Götterwelt, inmitten deren sich
der Mensch zum Gott empor lebt, als ein Glied,
dem einst gegeben sein wird, Ewiges
zusammen mit den Ewigen zu tun,
wird unser Antlitz jenem Antlitz dann
als Spiegel weisen. Christus – Lucifer
erschaut zum ersten Mal bewußt im Bild,
im Weltenbilderwachtraum – Uranos.

Glossen soll ich schreiben,
doch ich muß es bleiben
lassen.

Bin nicht wie der Weise,
der der Sprache Kreise
störte,

ihren Wert befehdend,
doch selbst weiterredend
Bände.

Müßte erst den Boden
der Begriffe roden
dürfen.

Was da Tod, was Leben,
was sich draus ergeben
möchte.

Aber solchen Glossen
bleibt die Zeit verschlossen
jetzt noch.

Mindestens die Zeit-Schrift,
die mir dieser Leidschrift
Anlaß.

Für Reinhard Piper

Wollt ihr wissen, wer ich bin,
mögt ihr künden, wer ich werde.
Über Altem, das dahin,
öffnen neu sich Mensch und Erde.

Öffnen neu sich neuem Geist,
lassen lange Dürre segnen;
und was er uns bringt und weist,
soll fortan allein begegnen.

Endlich ward denn alles neu!
Geisterschoß, der uns geboren,

hat uns unaussprechlich treu
neu zu sich zurückbeschworen.

Wieder steigen wir hinan,
wie wir einst hinabgestiegen.
Abermals ein Kampf begann,
doch zu keinem Unterliegen.

Und der Mensch, der sich gestellt
schien an allen Wissens Ende,
sieht auf einmal eine Welt
unerhörter Aufwärtswende.

Rief ich nicht dich an,
frühe schon, du Traumhinwandlerin!
Doch mein Sinn gewann
damals schon nicht deinen Sinn.

Großen Auges oft
folgtest du des Freundes Lebensschritt;
doch, wie er gehofft,
lebtest du ihn niemals mit.

Wände, wie von Glas,
schreibst du selbst, umhüllen dich, und Eis.
Hinter Fenstern saß
deine Seele, seit ich von ihr weiß.

Nein, es geht nicht immer gleich,
stufenweis und ebenmäßig.
Liebes Herz, zu Gottes Reich
ist der Aufstieg hundertsträßig.

Abwärts, aufwärts, kreuz und quer,
nach Gesetzen, ganz unzweiflich,
doch dem äußern Blick oft schwer-
ja mitunter un-begreiflich.

»Die Natur macht keinen Sprung« –
heißt es dann wohl hier und dorten.
Nicht vor Gott (das sei genung),
doch vor Menschen – allerorten.

Versuchung

Entwurf

Durchs Weltall waren Scharen ausgegossen
von unerschöpflich reichem Reiz,
da war nicht mehr der Erde Zwang und Geiz,
ein Zauberreich der Freude schien erschlossen.

Doch wie von Traum- und Wunschesflammen
mein ganzes Wesen überwallt,
wuchs alles plötzlich groß zusammen
zu Einer strahlenden Gestalt.

Unendlich groß war ihre Größe,
von schwermutvoller Majestät,
daß jeder Trieb in unbesorgter Blöße
hinsank, als wie vom Sichelmond gemäht.

Da traf mein Herzensblick auf ein Gesicht,
das irgendwo mit einem Ausdruck schwebte,
daß es der andern Pracht ward zum Gericht,
und mich aus Weltentod hinüberlebte

in Gottes Leben, – und so tritt wohl wer
aus Thronsaalprunk in Sternennacht hinaus
und atmet sich im grenzenlosen Haus
von allem rein und kennt kein Zweifeln mehr,

wo seine Heimat ist und wo sein Ziel,
und wem ihn Liebe zutreibt urverwandt,
wie ich, der schon mit jeder Fiber fiel
und noch einmal des Führers Antlitz fand.

Enthusiasmus

Kostbarer Funke des Enthusiasmus,
wenn du überspringst
von Mensch zu Mensch,
da küssen sich –
Götter ...
Das ist die Weise,
wie Götter sich lieben:
im unsäglichen Blitz
des heilig schimmernden
Auges!
Dies ist die Art
wie die in den Himmeln
jubeln!

Der Gott in uns

Es greift der Gott in uns nach jedem Recht,
das sein ist, –
Schaffen, Ruhe, gleicherweis.
Es mißt der Gott in uns
den ganzen Kreis –
sein in-Sich-weltend Innen-Wonnen-Sein ...
sein weltauszeltend Sinnen-Sonnen-Sein ...
Wille, der, Geisteslicht, sein All durchdringt ...
und Stille, die sich dicht in sich verschlingt –
Weltaussichwende ...
Weltinsichende ...
Es geht der Odem aus, der Odem ein ...
Es greift der Gott nach jedem Recht,
das sein.

Der Engel:

O wüßtest du, wie sehr dein Antlitz sich
verändert, wenn du mitten in dem Blick,
dem stillen reinen, der dich mir vereint,
dich innerlich verlierst und von mir kehrst!
Wie eine Landschaft, die noch eben hell,
bewölkt es sich und schließt mich von dir aus.
Dann warte ich. Dann warte schweigend ich
oft lange. Und wär ich ein Mensch wie du,
mich tötete verschmähter Liebe Pein.
So aber gab unendliche Geduld
der Vater mir und unerschütterlich
erwarte ich dich, wann du immer kommst.
Und diesen sanften Vorwurf selber nimm
als Vorwurf nicht, als keusche Botschaft nur.

Wunsch, nicht mehr zu leiden

Dein Wunsch, nicht mehr zu leiden,
erschafft nur neues Leid.
So wirst du niemals scheiden
von deinem Trauerkleid.

Du mußt es ganz abtragen,
bis auf das letzte Haar,
und einst nur dessen klagen:
daß es nicht dichter war.

Ganz nackend mußt du werden
zuletzt weil es zerfallt
in seinen Stoff aus Erden
von deines Geists Gewalt.

Ganz nackend einst entschreiten,
allein von Licht umfacht,
zu neuen Ort' und Zeiten,
zu neuer Trauertracht ...

Bis du aus hundert Larven
ein Gott, so stark, entspringst,
daß du zu Sphärenharfen
die eigne Schöpfung singst.

Aus den letzten Lebenstagen

Tätigkeit im rechten Sinne –
schön Gebet zum Sinn der Welt!
Deiner Kraft mit Freuden inne
fühl ich meinen Weg bestellt.

Gewaltiger, der Du aus Geisterhöhn
auf Deinen armen Sohn der Erde schaust: –
Ich sah!
Und kann nun fürder nimmer leben mehr,
wie ich bisher gelebt.

Erhabenster,
hilf mir auf meinem neuen Lebensweg,
von dem ich nur erst dieses Eine weiß:
Sein ganzer Sinn muß Hülf' und Opfer sein.

Ich sah,
die Augen wurden aufgetan,
die lange erst im Halbschlaf rings geirrt ...

Alphabetisches Verzeichnis der Gedichttitel

Alphabetisches Verzeichnis der Gedichtanfänge